누군가 나를 지울 때

누군가 나를 지울 때

정현우 글·그림

나의 오랜 지인 정현우는 화가이자 시인이다. 그의 글과 그림은 잘 익은 술, 아니면 과일같이 향기로워서 음미하면 세포들이 혼곤한 밀감빛 등불에 취해 흔들리게 된다. 사실 이런 감성을 자기도 가지고 있으면서 남들을 일깨울 수 있는 예술가는 흔치 않다. 하지만 진실 하나를 밑천으로 알고 사는 예술가들에게는 언제나 가혹한 인생이 스승이 되기를 자처한다. 그래서 그는 이른바 인생의 밑바닥에서 경험할 수 있는 일체의 개 같은 경우를 두루 경험한다. 하지만 그는 의연하고도 남성적인 성품과 감성적이고도 낭만적인 정서를 잃어버린 적이 없다. 그는 가장 낮은 곳도 알고 가장 높은 곳도 안다. 그는 이 척박한 현실 속에서 흔히 만날 수 있는 예술가는 아니다. 나는 그가 책을 낸다는 사실 하나만으로도 석 달 열흘쯤 술을 마시고 싶을 정도로 행복하다. 그의 진실이 토로된 책이라면 묻지도 않고 따지지도 않고 강추다.

― 이외수, 소설가

정현우는 시인일까, 화가일까. 아니면 가수일까 방송인일까. 누가 내게 물어오면 난 이렇게 대답하곤 한다. 그는 시인이고 화가이며 가수, 심금을 울리는 음악방송인이 정말 맞다고. 하지만 정현우는 무엇보다 자유인이다. 아직도 그는 무정부주의자로 이 세상을 거뜬히 살아내고 있다. 그래서 나는 정현으를 이 시대 최후의 보헤미안이라 부른다. 누가 그에게 총 한 자루를 슬며시 쥐여준다면 그는 거침없이 분노에 찬 감성의 발포를 감행해 마지않는다. 탕! 이 세상에 신종의 꽃 한 송이가 태어나는 순간이다.

- 최돈선, 시인

그의 그림을 처음 봤을 때 나는 그가 이 삶에 와서 어떠한 상처도 입지 않은 사람일 거라고 생각했다. 그러나 나는 잠시 후 어떠한 상처도 느껴지지 않는 그의 그림을 보다가 그만 눈물을 툭 떨구고 마는 기이한 경험을 하였다. 그 그림에 붙어 있는 짧은 행의 시 때문이었는데, 그 순간 나는 깨달아버린 것이었다. 그는 상처를 입지 않은 사람이 아니라 이미 삶의 모든 상처를 다 살아낸 사람이었다.

- 류 근, 시인

동서고금의 수많은 가르침이 지금 이 순간을 살라고 한다. '과거는 지나갔고 돌이킬 수 없다.' 그러므로 무의미하다는 것이고. '미래는 아직 오지 않았다.' 그러므로 미리 걱정할 필요가 없다는 것이다. 일견 맞는 말이다. 현재를 잘살면 되는 것이다. 현재를 잘살면 과거도 좋아지고 미래도 좋아질 것이다.

하지만 과거와 현재와 미래는 분리된 것이 아니다. 현재 속에 과거와 미래가 혼재한다. 과거는 기억으로 현재 속에 있고, 미래는 꿈으로 현재라는 시간 속에 존재한다. 기억과 꿈은 현재의 생각과 행동을 지배하며 인간의 행불행에 관여한다. 순간을 산다는 것은 결국 과거와 미래를 산다는 것이다.

내 글과 그림의 대부분은 풍경에 대한 기억이다. 기억 속엔 현실이 없다. 현실은 언제나 고달프기 때문이다.

그동안 페이스북을 비롯해 여기저기 발표했던 글과 그림을 묶었다. 괜한 종이나 낭비하는 게 아닌가 하는 자괴감을 끝내 떨칠 수 없었다. 용기를 잃지 않도록 관심과 격려를 보내준 페이스북의 친구들, 꽤 오랜 시간 변방의 무명 예술가에게 신뢰와 우정을 보여준 이케이북 식구들, 주변의 선배와 친구와 후배들……. 고마운 사람들이 너무 많은 가을이다.

2013년 10월 정림리에서
정현우

차례

제1장 당신이 나를 지울 때

제3장 그리운 것들은 언제나 저편에

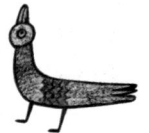

제 1 장

당신이 나를 지울 때

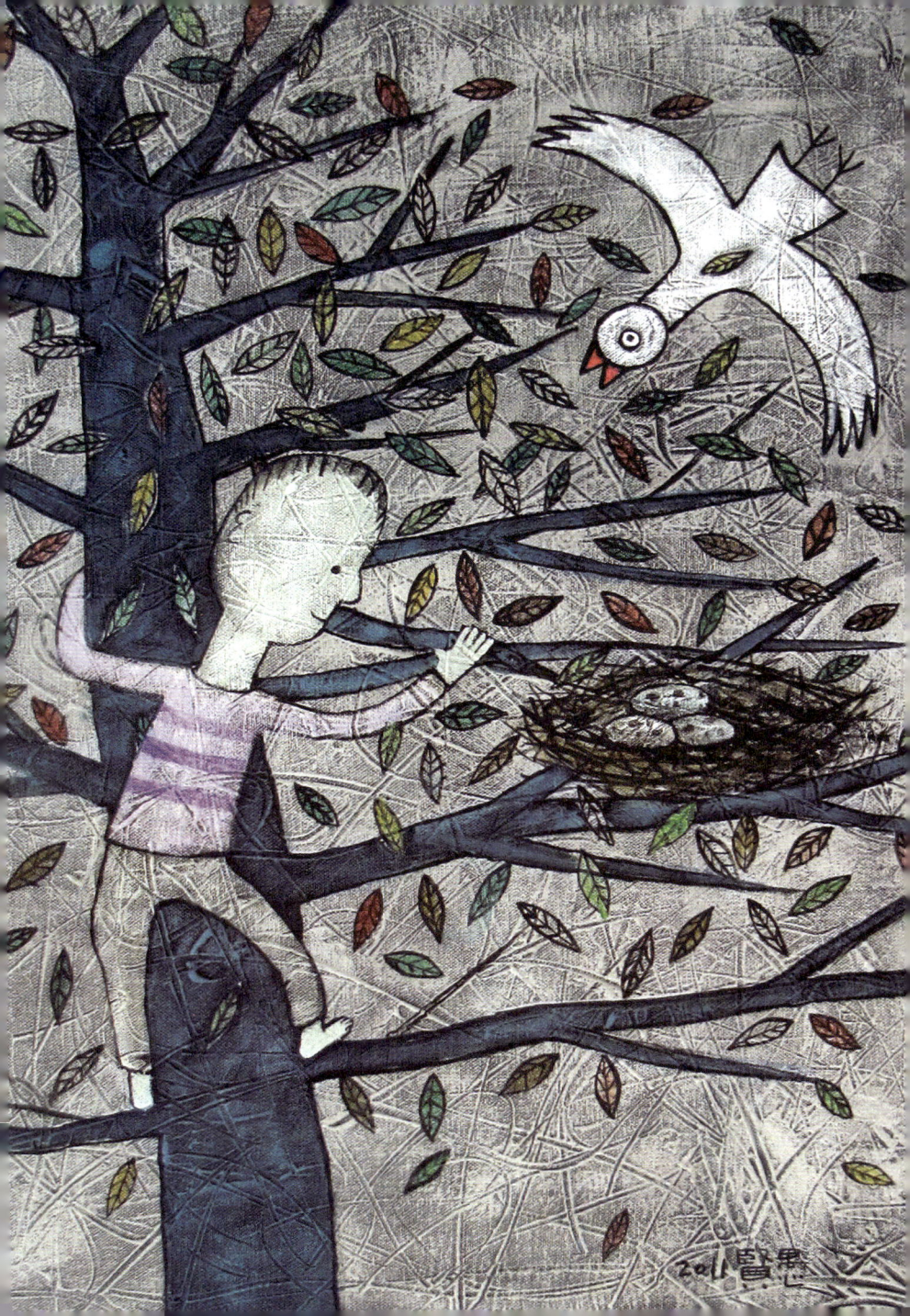

미루나무

내가 자란 마을엔 미루나무가 많았다.
미루나무 꼭대기까지 올라가면 바다가 보일 것 같아
나무를 타곤 했다.
새집을 보러 나무에 오른 적도 있었지만,
나는 나무에 올라 먼 세상을 보고 싶었다.

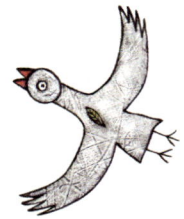

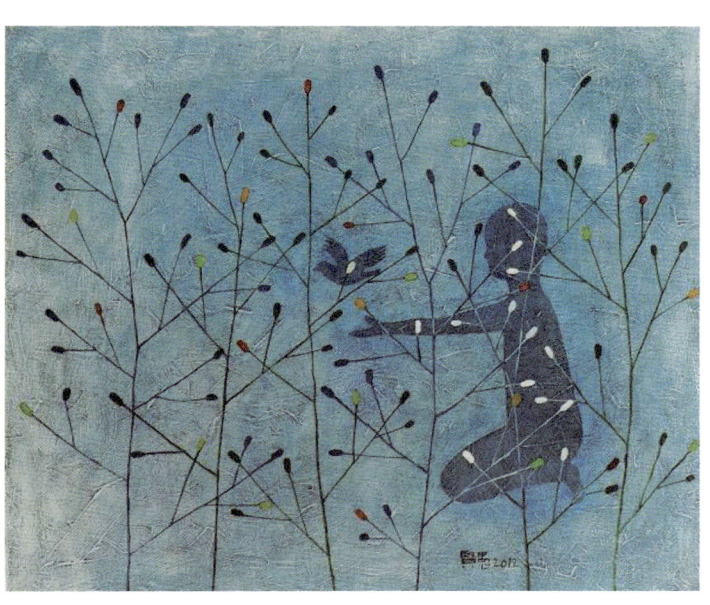

거름

정림리 마을 어귀, 늙은 농부가 두엄을 퍼내고 있다. 겨우내 읽은 몇 줄의 문장과 겨우내 그린 몇 점의 그림, 불면과 불운은 아직 발효되지 않았다. 잡념 무성한 내 사유의 밭엔 검은 폐비닐만 두엄더미처럼 쌓여 있다. 썩고 싶어도 썩을 수 없는 검은 폐비닐처럼 그동안 나는 울지 못했고, 긍정의 과잉을 욕했다.

미안하다.
하지만 나도 거름을 내고 싶다.
소리 내어 밀린 울음을 울고 싶다.

우기雨期 1

아침에 눈을 떴을 때 들려오던 빗소리가 너무 아늑해, 잠자리를 털고 일어나면 비가 그칠 것 같아 결석을 하곤 했던, 양철 지붕 밑에 귀만 남겨놓고 내 몸의 모든 문을 닫아걸던 학창 시절이 있었다.

지금도 비가 내리면 세상에 결석을 하고 싶다.

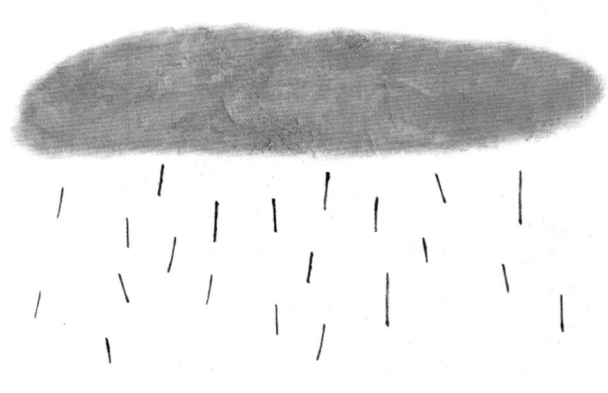

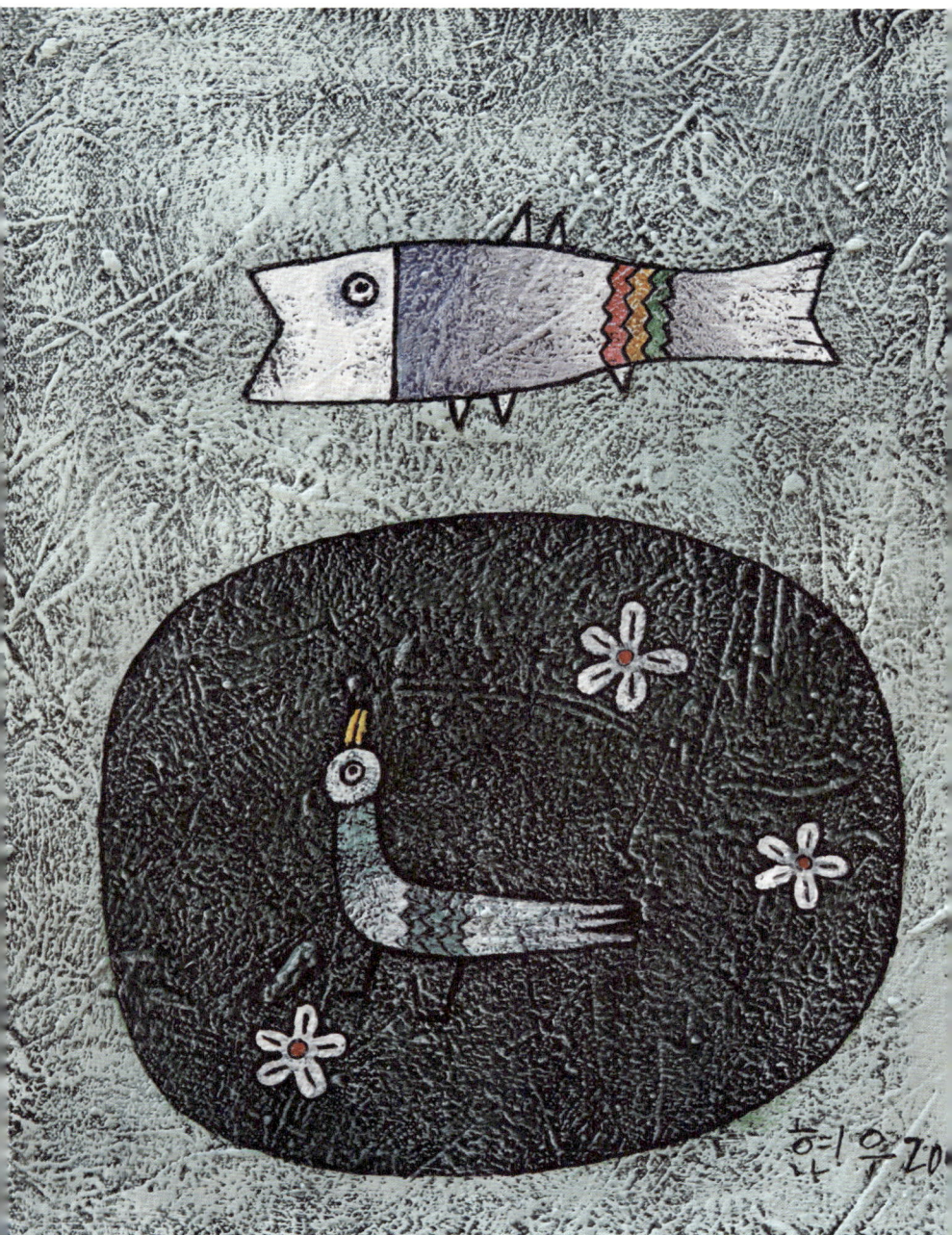

입춘

밤새 내린 눈을 누군가 치우고 갔다. 잠결에 트랙터 소리를 들은 것 같다. 이장 아니면 새마을 지도자이리라. 자동차를 덮은 눈이 홑청 벗긴 목화솜 이불 같다. 눈이 따스하다. 목욕탕에서 우연히 만난 중학교 친구와 배달커피를 마시는 동안 봄이 왔다. 친구는 혼자 사는 내가 부럽다고, 마누라가 감옥 같다고 불평했다. 나는 감옥에 가고 싶다고 대꾸했다.

일밖에 몰랐던 한 선배가 다방 여자에게 홀려 딸라 돈까지 썼다는 소문이 눈처럼 녹아 길 위로 흐르는 한낮, 소읍의 햇살이 분주하다. 희망이용소 유리문에 '입춘대길立春大吉' 춘방이 붙었다.

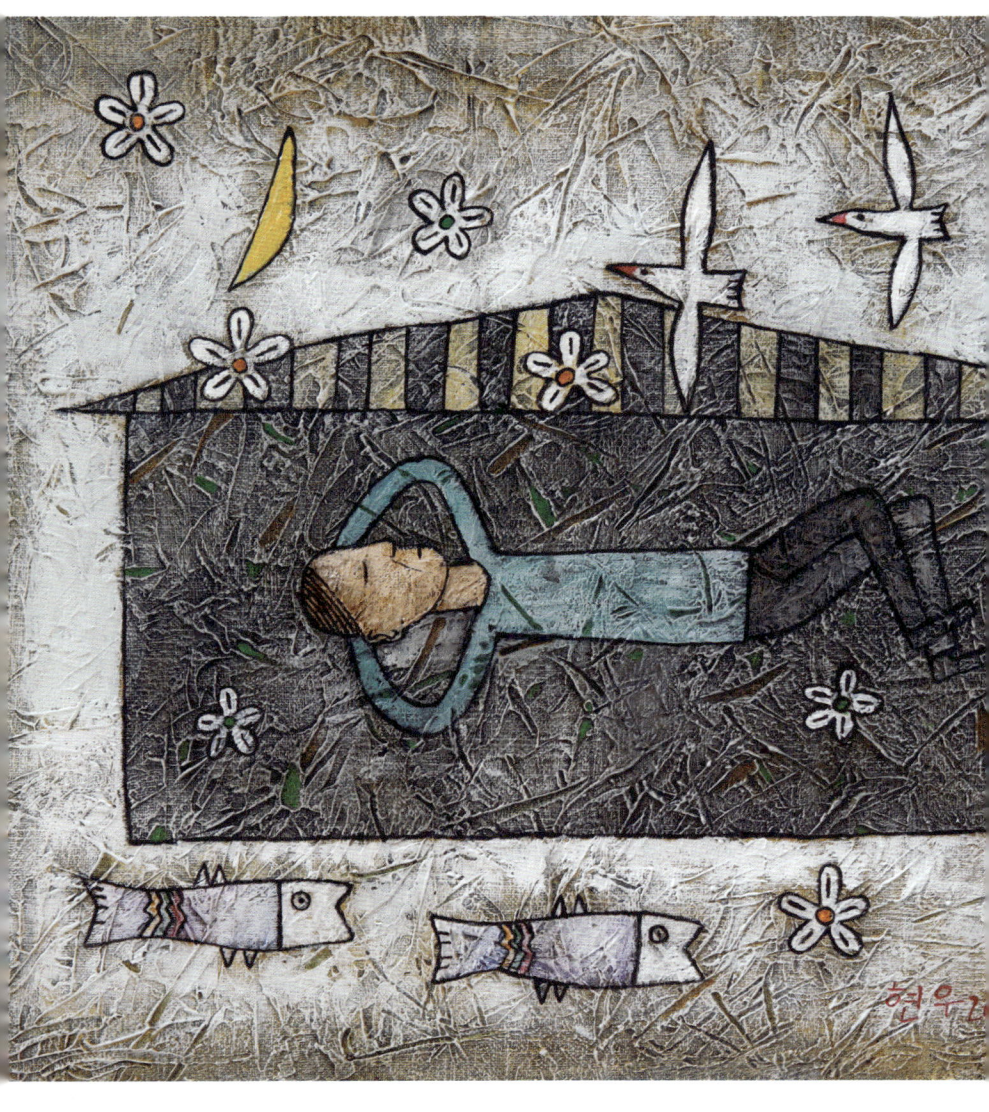

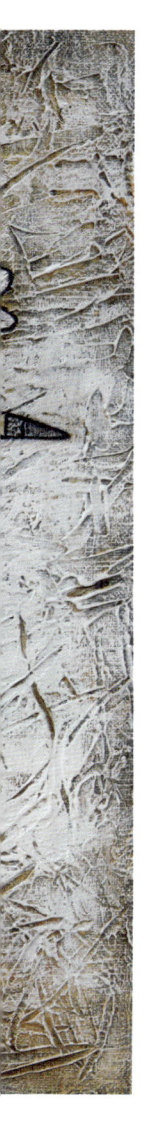

누군가 나를
지울 때

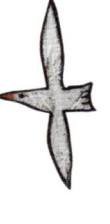

누군가 나를 지울 때 내게도 차마 지우지 못해 남겨놓는
날개나 꿈 같은 게 있을까?

봄날은
❀ 가는데

이 화사한 봄날에 방구석에 처박혀 글을 쓰겠다고 컴퓨터 앞에 앉아 머리를 쥐어짜는 나는 나와 자연을 모독하고 있는 건지도 모르겠다. 하긴 전혜린은 이맘때면 창마다 검은 커튼을 치고 지냈다는 일화를 어디선가 읽은 것 같다.

모처럼 원고 청탁을 받았다. 주제도 없다. 분량만 맞춰서 자유롭게 쓰란다. 화사한 봄 날씨와 잘 써야 한다는 강박이 합세해 나를 멘붕 상태로 몰아넣은 것이다. 뭔 얘기를 해야 할지 막막했다. 결국 나는 사월의 봄날처럼 횡설수설하기로 했다.

나는 봄을 싫어했다. 지금도 나는 봄보다는 가을이 좋다. 그러나 나이를 먹을수록 봄이 좋아진다는 것 또한 부인하진 않겠다. 봄을 싫어했다기보다 자연이 내뿜는 생명의 기운을 감당할 만한 건강과 돈이 없었기 때문이다. 인격도 낭만도 연애도 돈으로 사야 하는 자

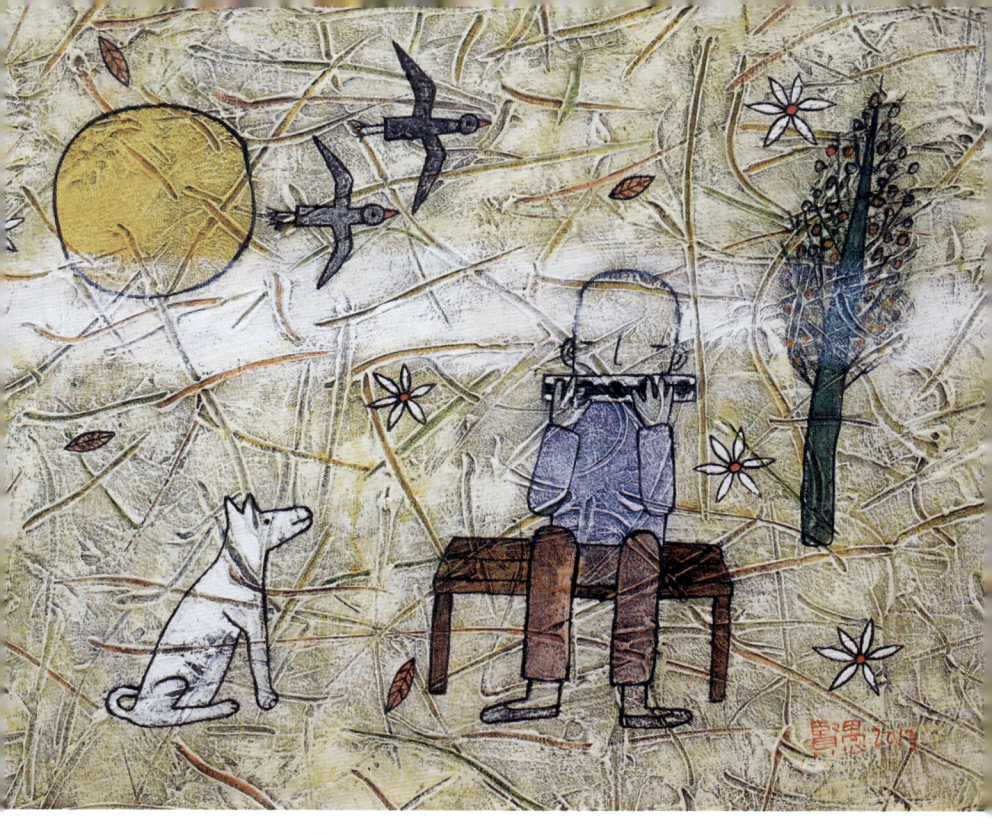

본주의의 봄날에 돈이 없다는 건 도시에선 치명적이었다.

산으로 이사해 벌써 두 번째 봄을 맞고 있다. 봄을 되찾은 것이다.
산에선 돈 없이도 많은 것을 즐길 수 있다. 나물 뜯는 일은 원초적
즐거움이다. 물론 겨울엔 땔나무를 해야 하그 계곡물을 길어다 밥

을 해야 하는 일상의 노동이 귀찮아 도시의 아파트가 그리울 때도 있지만, 몽롱한 봄날 대낮에 문 열어놓고 크리스 보티Chris Botti도 틀어놓고 길게 늘어져 꽃잎 분분한 창밖의 풍경을 하염없이 바라볼 수 있다는 건 내겐 최상의 행복이다.

티브이가 없어도 심심하지 않다. 라디오면 충분하다. 라디오는 듣는 사람을 구속하지 않아서 좋다. 시간에 따라 변하는 하늘과 숲은 눈을 심심하게 내버려두지 않는다. 밤엔 누워서 통유리창으로 달과 별을 볼 수 있다. 외로움 정도야 마땅히 지불해야 할 대가다. "누군들 그렇게 살고 싶지 않겠냐? 여건이 안 따를 뿐이지."라고 말하는 친구들도 있다. 맞다. 자발적 가난까지는 아니더라도 돈 욕심도 조금은 버려야 한다. 아무나 이렇게 살 수 있는 건 아니다. 엉터리지만 예술을 하니까 가능한 일이다.

심마니도 우체부도 여호와의 증인도 오지 않는 산막의 온전한 봄날이 가고 있다. 어떻게 사느냐고 묻는 사람들에게 이렇게 대답한다. 폼나게 말하면 헨리 소로우고 솔직히 말하면 빨치산이라고.

우기雨期 2

장마가 북상한다는 라디오의 일기예보를 듣고 산막의 유리창을 닦는다. 고화질로 비 내리는 숲을 시청하고 싶었다. 몇 마리 흰 나방이 유리창에 붙어 다시 등불이 켜지기를 기다리고 있다.

전등이 없던 시절의 나방은 별을 향해 날았던가? 기억도 눅눅해지는 우기의 오후, 산 것들의 슬픔이나 그리움, 세상의 모든 비밀이 투명해지기를 기다리며 산막의 유리창을 닦고 있다.

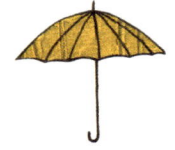

농부

초상집에서 40년 만에 만난 중학교 친구는 농부였다. 그
는 나보다 10년은 더 늙어 보였다. 나는 그를 알아보지
못했다. 그의 얼굴을 알아보려면 40년의 세월을 건너야
한다. 얼굴과 이름을 대조하며 한참을 쳐다본 끝에야 나
는 그의 얼굴에서 까까머리 미소년을 찾아냈다. 중학교
때 내 꿈은 농부였다. 우리 반에서 농부가 되고 싶은 사
람은 나 혼자였다.

뭘 하고 사냐는 그의 물음에 나는 괜히 부끄러워 차마
그림 그린다는 말은 하지 못했다. "고향 가서 농사나 지
어야지." 무심코 내뱉었던 말을 거둬들이고 싶었다.

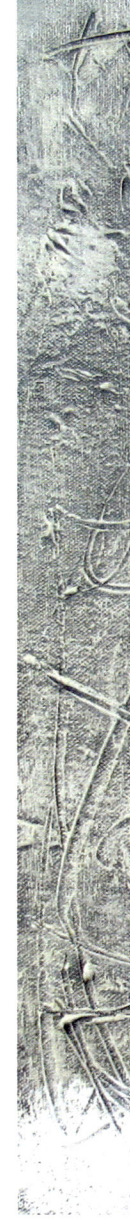

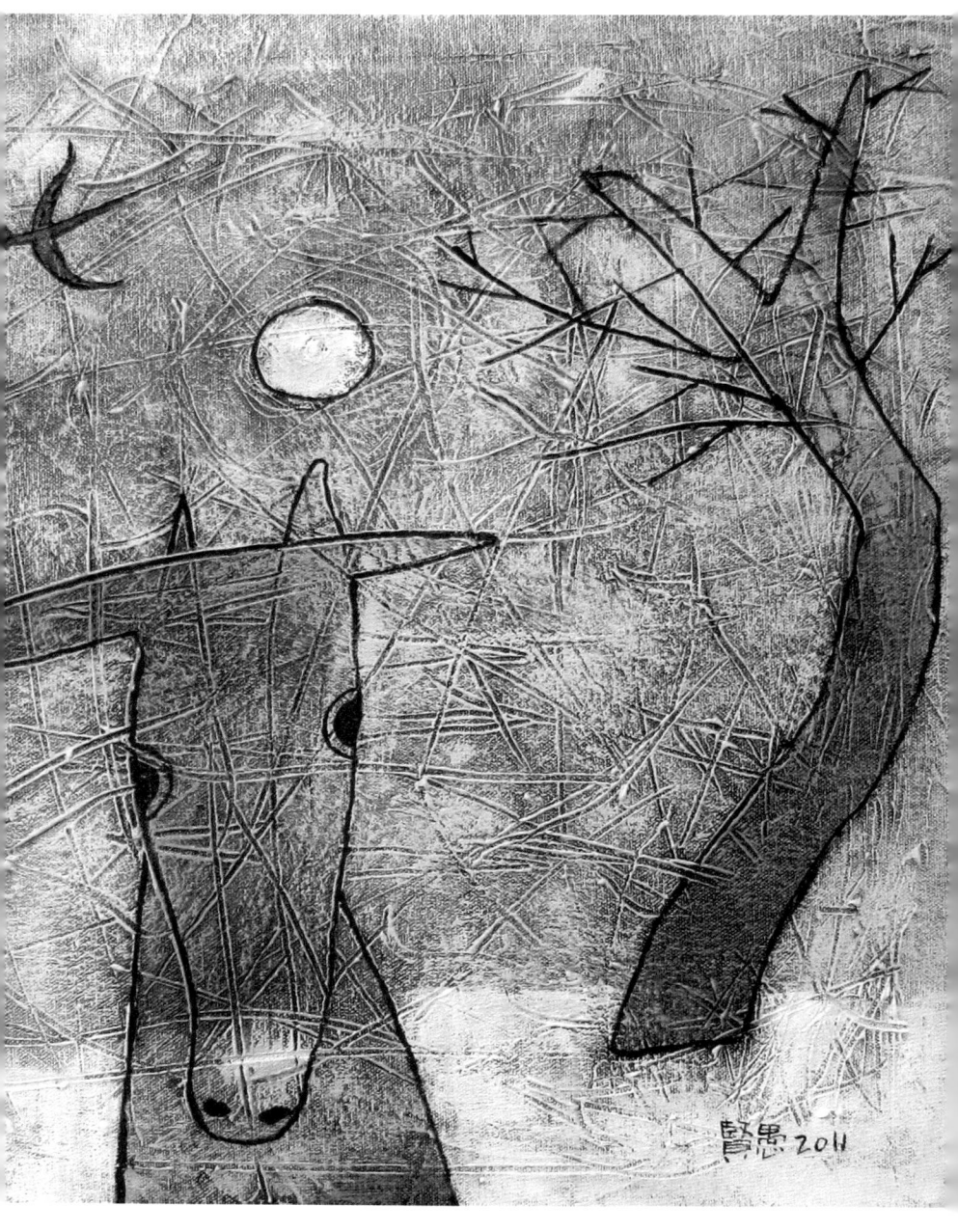

賢愚 2011

시

봄보다는 가을 쪽에, 기쁨보다는 슬픔 쪽에, 행운보다는 불운 쪽에, 돌아오는 자보다는 떠나는 자 쪽에 서 있는 존재. 돈 안 되는 건 모두 쓰레기 취급을 받는 이 삭막한 자본주의 한복판에서 돈 안 되는 시를 쓰기 위해 밤을 새워 고뇌하는, 시인이라는 이상한 존재가 있다.

나는 등단도 못한 야매 시인이다.
도대체 왜 나는 야매로라도 시를 쓰려는 걸까? 명예욕일까? 아니면 지적 허영일까? 그냥 시가 좋아서일까? 그도 아니면 그럴듯하게, 알 수 없는 어떤 힘에 이끌려 쓰는 것이라고, 운명 같은 것이라고 대답할까?

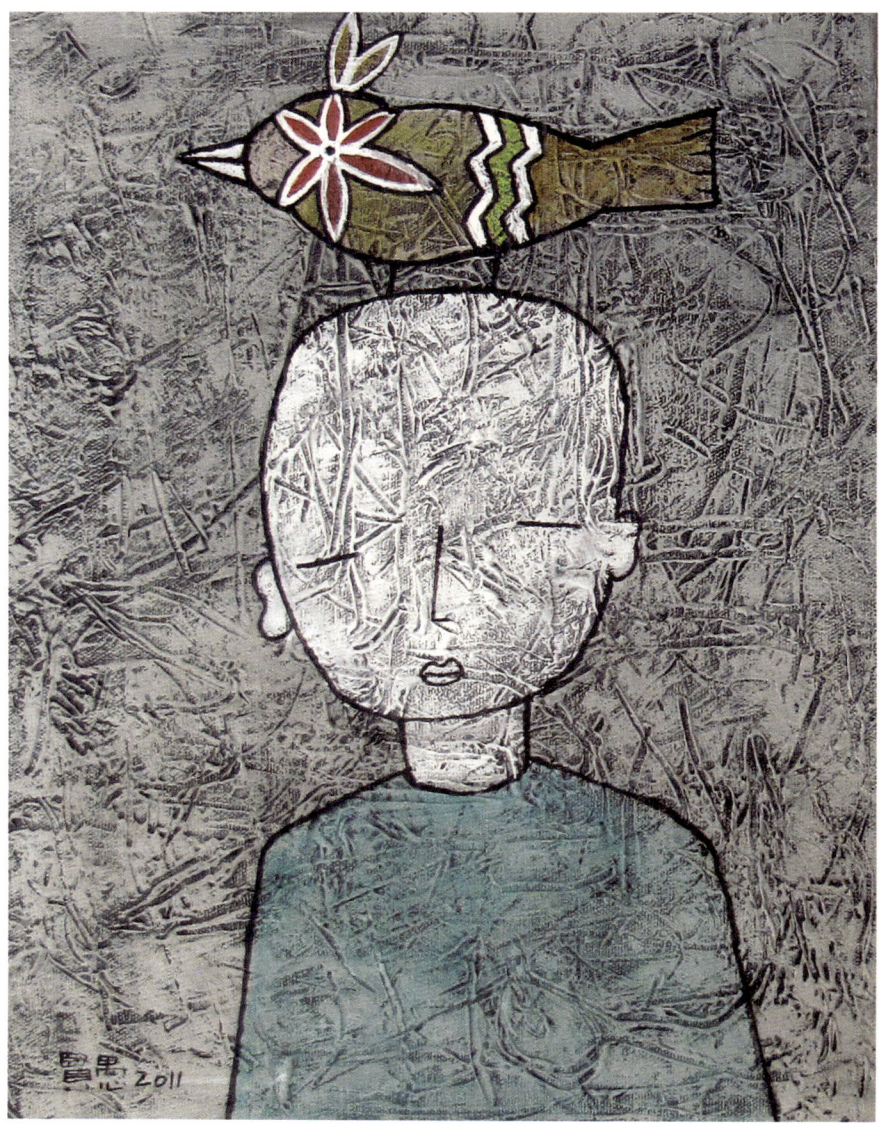

내가 누구인지 알 것 같은 느낌, 우주를 이해할 수 있을 것 같은 느낌, 왜 살아야 하는지 알 것 같은 느낌, 현실과 꿈이 공존하는 것 같은 느낌, 보이는 것 너머에 있는 그 어떤 것이 보일 것 같은 느낌. 이런 느낌들은 시를 쓸 때만 얻을 수 있는 신비다.

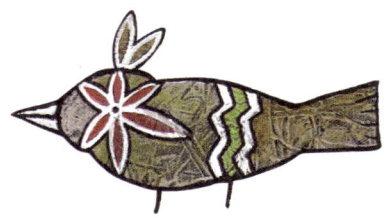

가난해서 시를 쓰는 건지 아니면 시를 써서 가난한 건지 여전히 헷갈리지만 시는 가난을 낭만으로 바꿀 수도 있다. 돈이 없어도 행복할 수 있다고 말할 수 있다.

나의 시 쓰기는 슬픔과 허무와 연민의 이정표를 따라 존재의 비의를 찾아가는 여정이다. 길과 목적지를 동일시하는 도가적 사유는 곧 시적 사유다. 선승들은 깨달음이 왔을 때 그 경지를 게송으로 남긴다. 게송은 시다. 도의 세계는 불립문자의 세계다. 하지만 언어로 입증할 수밖에 없다. 언어로 표현할 수 없는 어떤 느낌. 하지만 언어로 표현할 수밖에 없는 아이러니. 게송도 시도 인생도 아이러니다. 구도자들은 깨달음을 통해 시를 얻지만 시인은 시를 통해 깨달음을 얻는 것이리라.

내게 있어 시를 쓰는 행위는 구도와 같다. 시가 나를 구원할 수 있을 거라고 믿는 것이다. 그러므로 내 시를 알아주고 안 알아주고는 차후의 문제일 뿐이다.

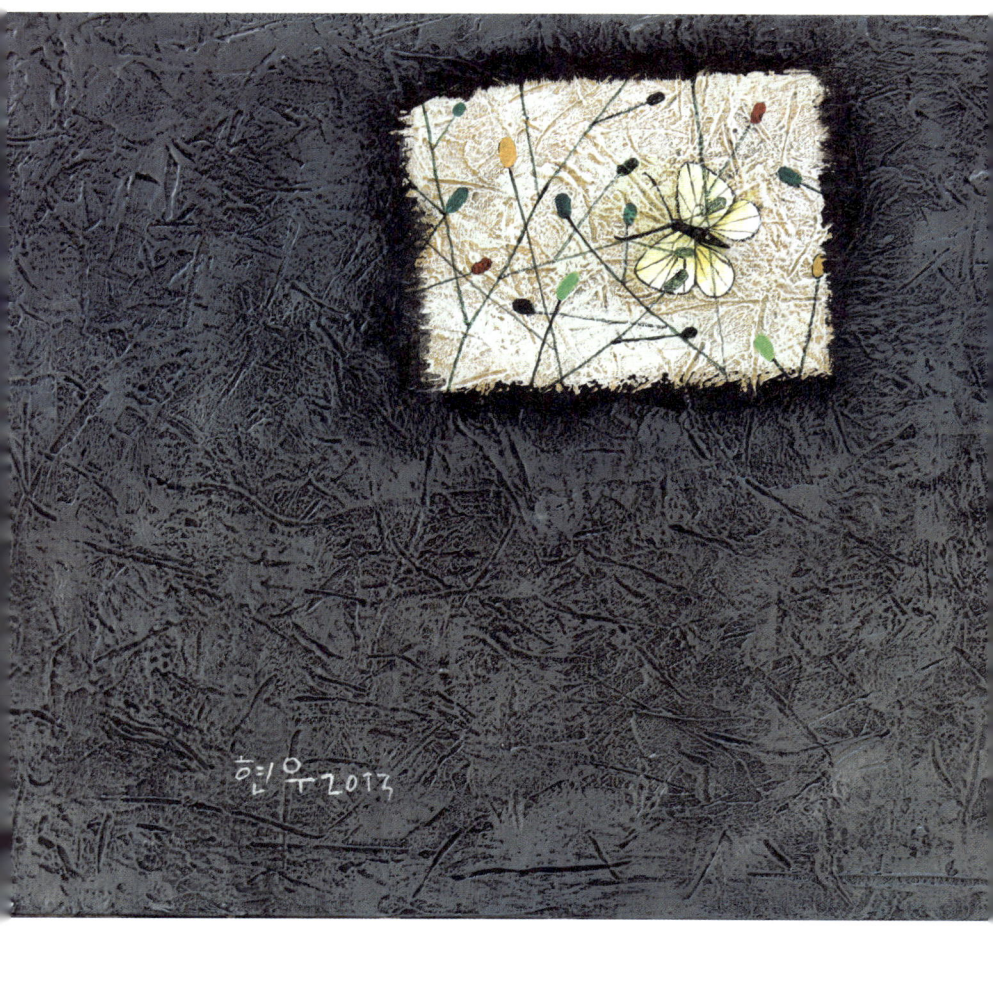

쓰리 J

한때 나는 쓰리 J로 불리는 뮤지션들, 재니스 조플린Janis Joplin, 짐 모리슨Jim Morrison, 지미 헨드릭스Jimi Hendrix를 좋아했다. 모두 20대 후반에 약물중독에 의한 심장마비로 죽은 사람들이다.

음악도 좋았지만 요절이 좋았고 사망 원인이 좋았다. 죽음도 환각처럼 느낄 수 있을 것 같아서였다. 자살한 예술가들이 더 그럴듯해 보였지만 나 같은 평화주의자에겐 자살보다는 약물중독이 실현 가능성 있었기 때문이다.

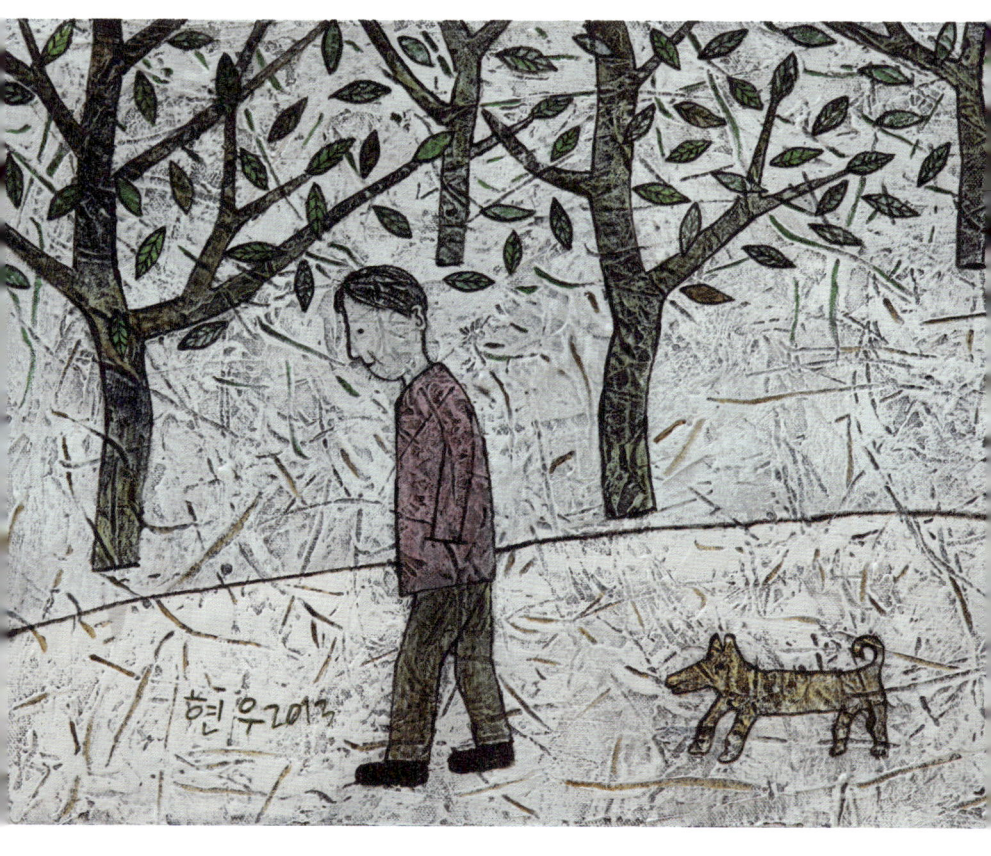

추분

추분이다. 밤이 조금씩 길어질 것이다. 리얼리스트들은 밤을 좋아하지 않는다. 나이 들면 누구나 리얼리스트가 된다. 존재의 그림자는 점점 희미해지고 밤의 뒤척임은 선명해질 것이다. 정신보다 몸을 사랑해야 할 때다.

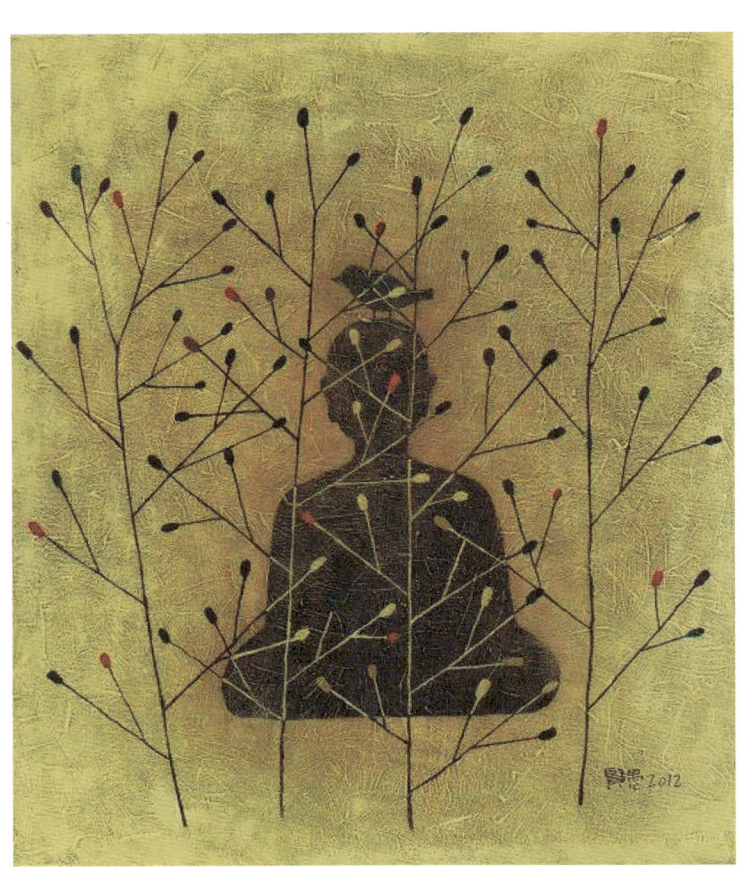

깨달음

지루한 겨울이다. 눈도 생도 지루하고 추억도 그리움도 지루하다. 깨달음은 생각이나 느낌을 알아채는 거란다. 생각이나 느낌이 사라질 때까지 가만히 지켜보는 것이란다. 나는 지루함을 알아채기 위해 자주 창밖을 내다봤다. 그때마다 눈이 내렸다. 지금 나는 히말라야에 와 있는 것인지도 모른다. 단지 내가 알아채지 못했을 뿐이다.

작업실 데크에 쌓인 만년설 위로 또 희끗희끗 눈발이 날리기 시작한다. 창밖의 눈이나 알아채면서 겨울을 보낼 팔자라면 깨닫지 않아도 좋을 것이다. 자, 이제 눈을 털고 일어나 생계를 알아채야 한다.

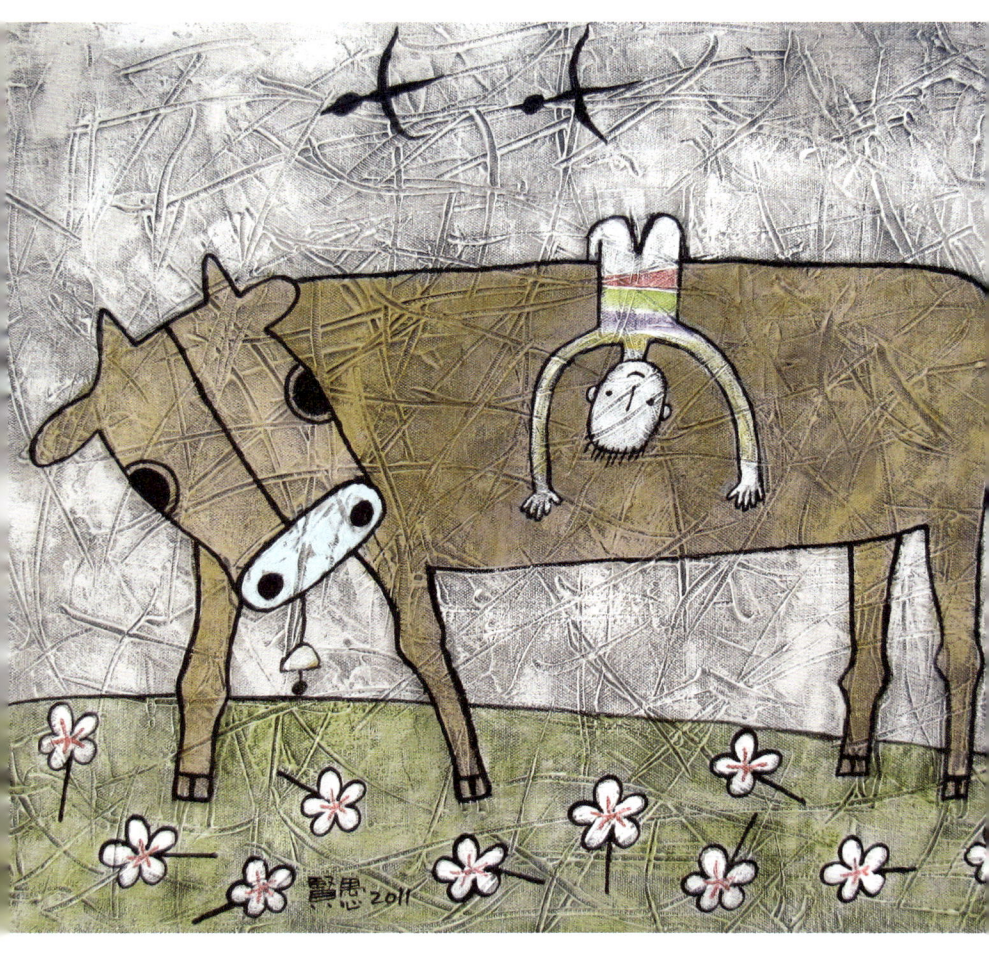

상강霜降

바람이 차다.
여름내 열어둔 나를 닫아야겠다.

이풍진개새끼

나와 함께 사는 개는 풍산개와 진돗개의 트기로 이름은 별이다. 내게 오기 전 여러 사람 손에 키워진 탓인지 똥개처럼 아무에게나 꼬리를 흔들고 말도 죽어라 안 듣지만 외딴 곳이고 해 거의 풀어놓고 키운다. 하루는 외출에서 돌아와 보니 개가 묶여 있고 문틈에 메모가 꽂혀 있다. 유기견이라고 신고가 들어와 묶어놓고 가니 다시는 풀어놓지 말라는 군청 직원의 메모였다. 사연인즉 지나가는 자동차만 보면 맹추격을 하는 녀석의 습성 때문이었다. 녀석은 자동차를 덩치 큰 짐승으로 생각하는 것 같았다. 덩치 큰 짐승이 자기가 무서워 도망치는 걸로 오해하는 모양이다. 게다가 자유의지가 어찌나 강한지 묶어놓을라치면 낌새를 채고 그 좋아하는 소시지를 흔들어도 가까이 오지 않는다.

어떤 땐 아무리 불러도 쳐다보지도 않는다. 주인인 나를 개무시하는 것이다. 그럴 땐 패주고 싶지만 나를 닮은 것도 같고, 전생의 한

시절 녀석이 인간이고 내가 개였을지도 모른다는 생각도 들고는
해 참고 또 참다가 녀석이 풍산개와 진돗개의 트기라는 사실에 착
안해 이풍진개새끼라는 별명을 붙였다.

녀석이 말을 안 듣거나 말썽을 피울 때면 '이풍진개새끼'라고 별명
을 부르는 것이다.

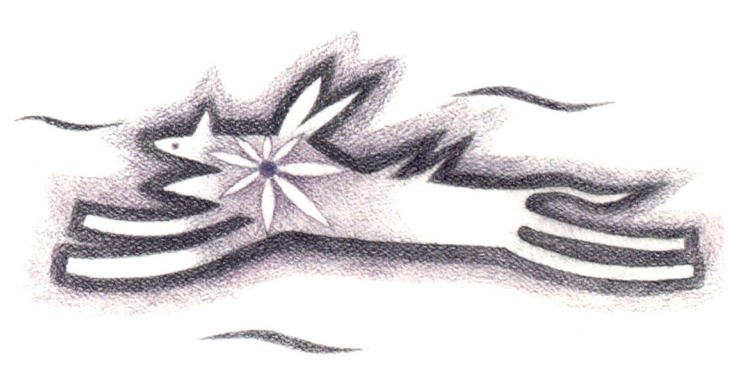

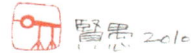

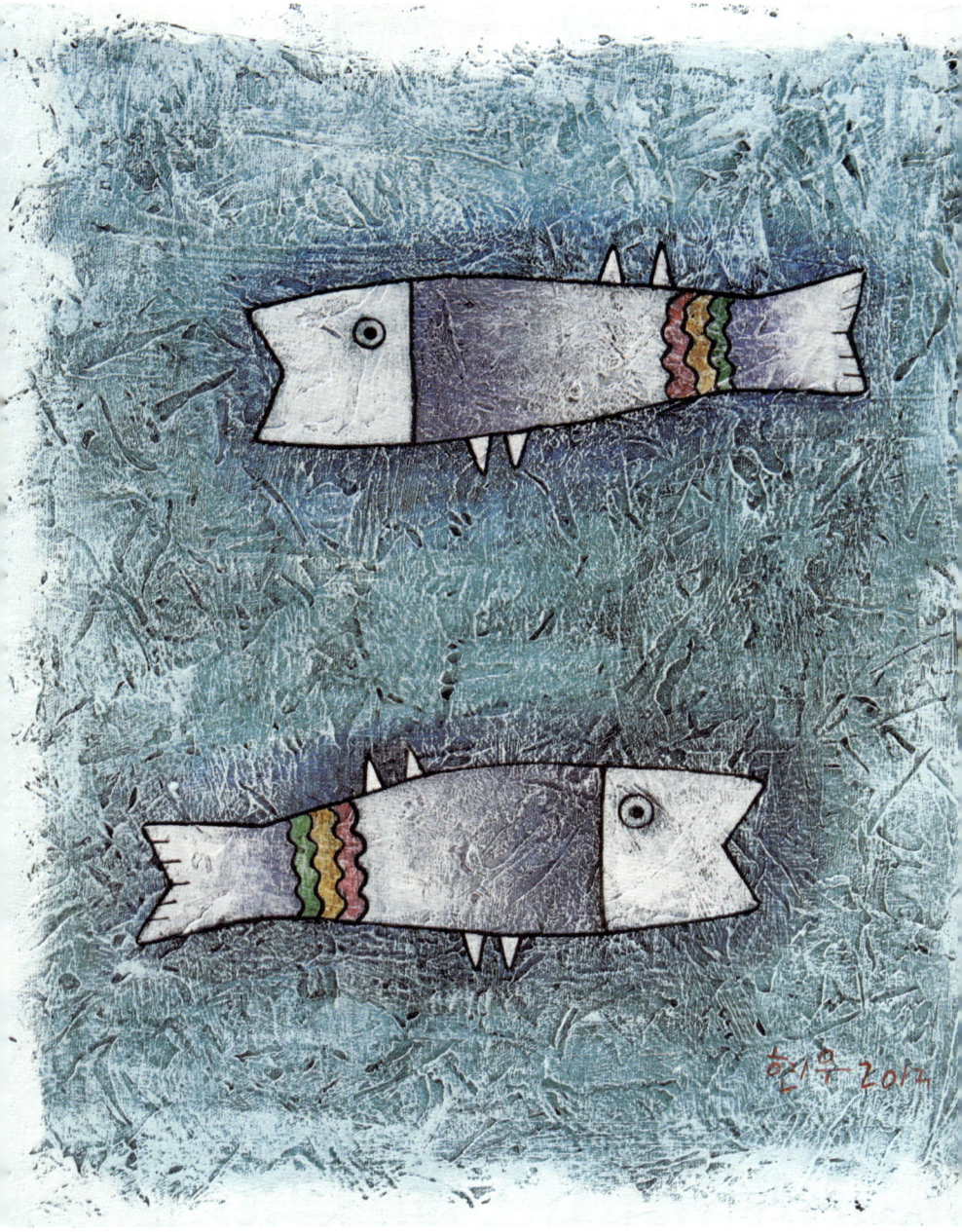

가계

고향 친구 셋이 저녁을 먹었다. 한 친구의 가슴에 아들이 달아준 카네이션이 달려 있다. 또 다른 친구는 조금 전에 딸의 축하 전화를 받았단다. 내 하나뿐인 딸년은 전화도 없다.

날 닮았다.

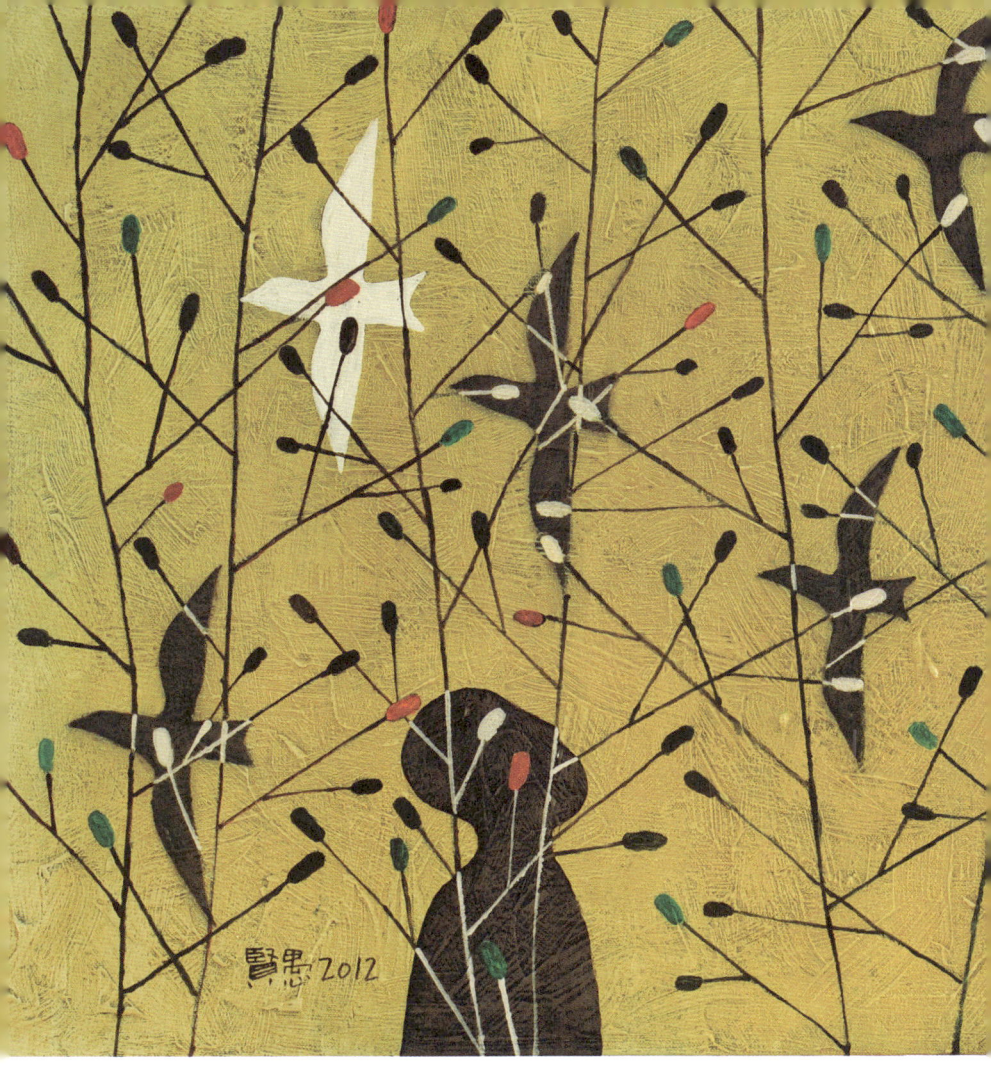

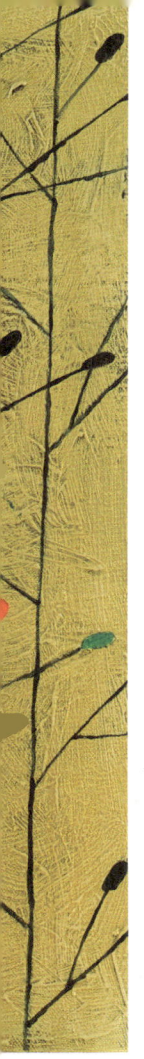

군무

11월의 바람이 생각을 여미게 하는 산막의 오후 찰리 헤이든Charlie Haden의 우드베이스를 들으며 하릴없이 낙엽의 군무를 구경한다.

죽음이 저토록 화려할 수 있다니, 낙엽이 되고 싶었다.

낙엽처럼 춤을 추면 나무들의 음악을 들을 수 있을까?

나무도, 나도 귀만 환하다.

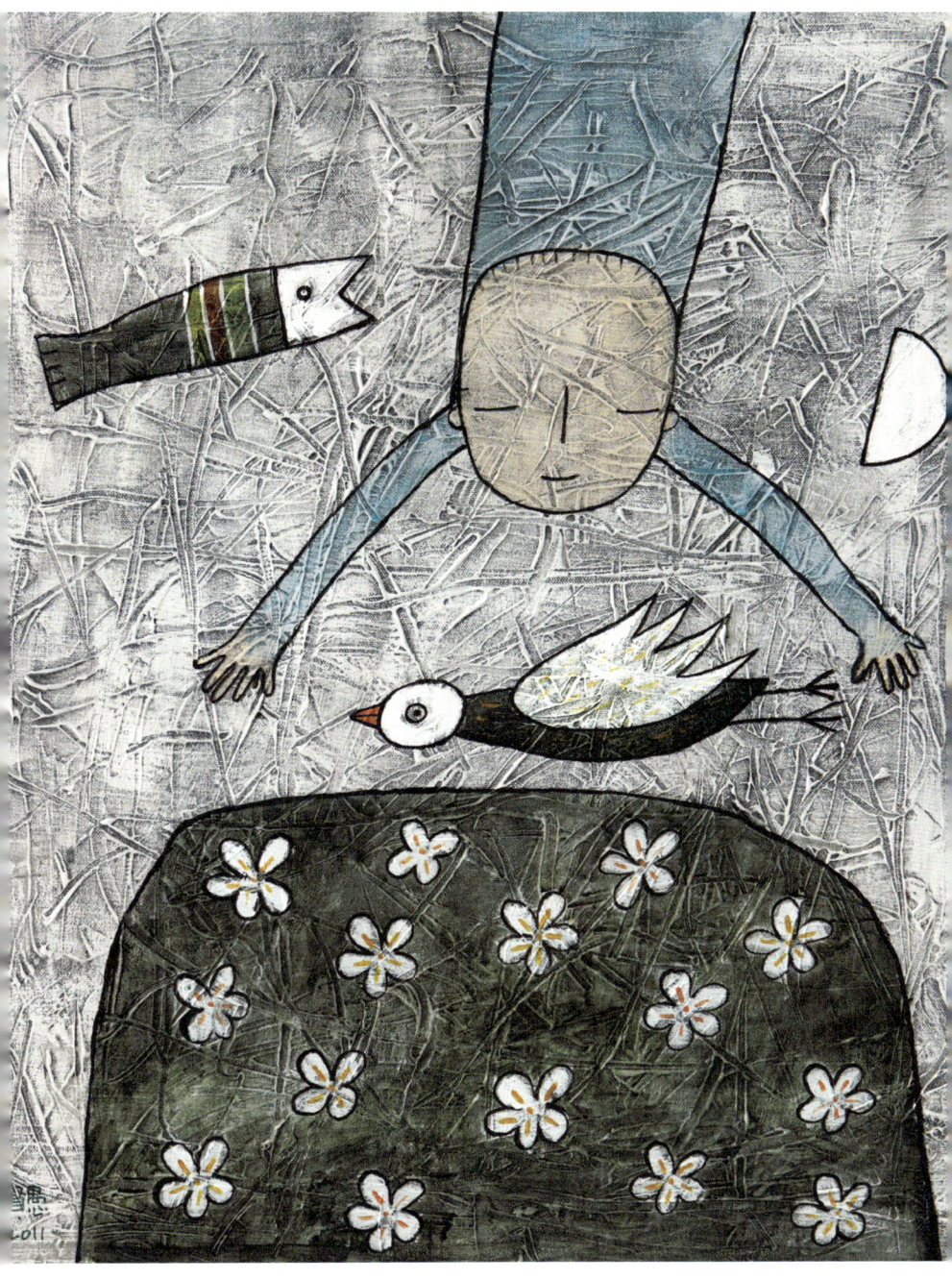

폭설

보기 드문 폭설이다. 지평이 기울고 시간도 기울었다. 산속에서 혼자 눈 구경 하고 있는 남자에게서 전화가 왔다. 눈이 뭐라 중얼거리며 내리는데 알아들을 수가 없다는 것이었다.

같이 기울어져서는 안 된다. 나라도 중심을 잡아야 한다.
마이클 헤지스Michael Hedges를 틀고 커피를 마셔야겠다.
여호와의 증인처럼 나타날 미래의 애인이나 기다려야겠다.

용하에게

이제 산막을 떠나려 한다. 산막에서 삼 년을 살았다. 삼십 년을 더 살아도 솔잎과 생콩만 먹으며 살 수 있는 경지는 오지 않을 것 같다.

새벽에 오줌을 누며 별을 올려다볼 수 있었던 곳이고, 개를 풀어놓아도 괜찮았던 곳이고, 반딧불을 볼 수 있었던 곳이고, 새가 방 안까지 날아들던 곳이고, 마당에 모닥불을 피우며 시간을 태울 수 있었던 곳이고, 양철지붕에 도토리 떨어지던 소리도 들을 수 있었던 곳이고, 새와 나무들에게 음악을 들려줄 수 있었던 곳이고, 시인에게 편지를 받았던 곳이고, 내가 오기 전에 이미 과거였던 곳이다.

아주 천천히 이삿짐을 정리했다. 최대한 많이 버려야 한다. 아깝지만 11월의 낙엽과 가을 별자리도 버리기로 했다. 11월에 왔다가 11월에 떠나게 된 까닭에 대해서도 생각하지 않기로 했다.

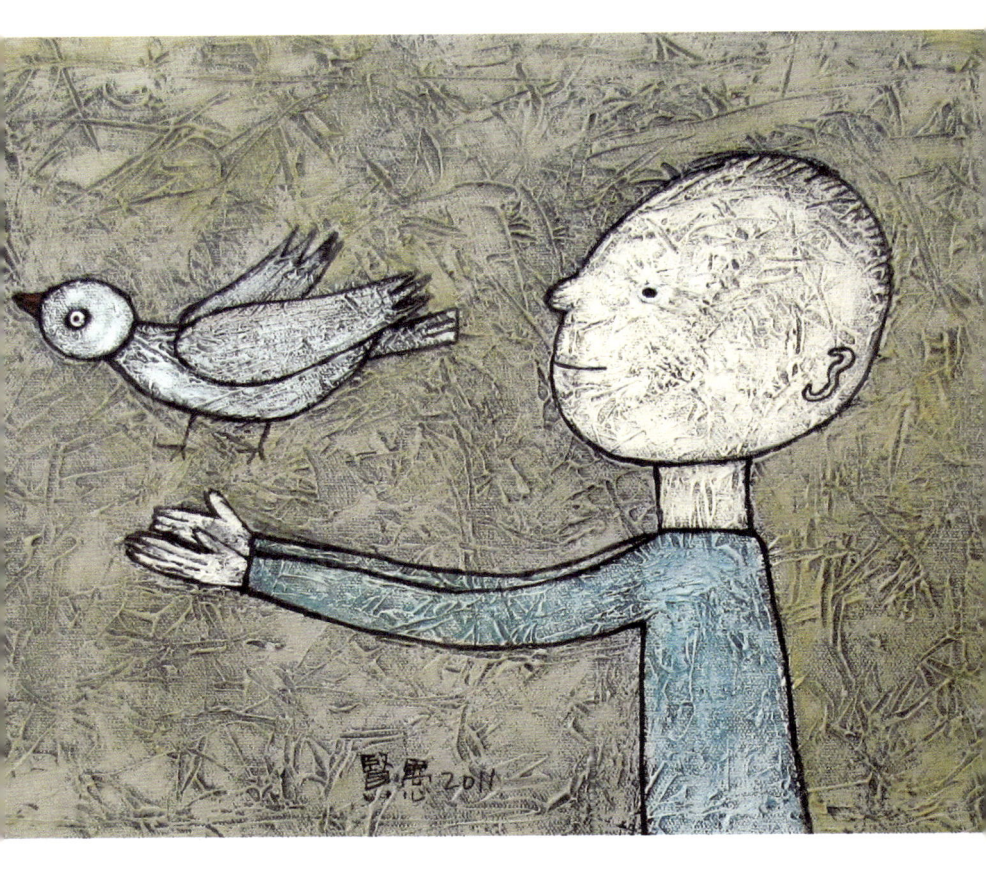

히키코모리

모처럼 방문객이 없다. 밥 먹자는 전화도 없다. 보일러도 오디오
도 정상이다. 읽지 않은 책도 있고 오랫동안 듣지 않던 음반도 있
다. 담배도 있고 술도 있고 라면도 있다. 밖에 나가지 않아도 된다.
다행이다.

틀림없는 히키코모리 증후군이다. 외부와의 접촉을 싫어하며 방에
틀어박혀 컴퓨터로 장도 보고 소통도 하는 일종의 우울증이란다.

그렇다면 이 다행감은 뭐란 말인가? 우울증은 자살에 이르는 무서
운 병 아닌가? 미래의 애인이라도 불러내 술 한잔 해야겠다.

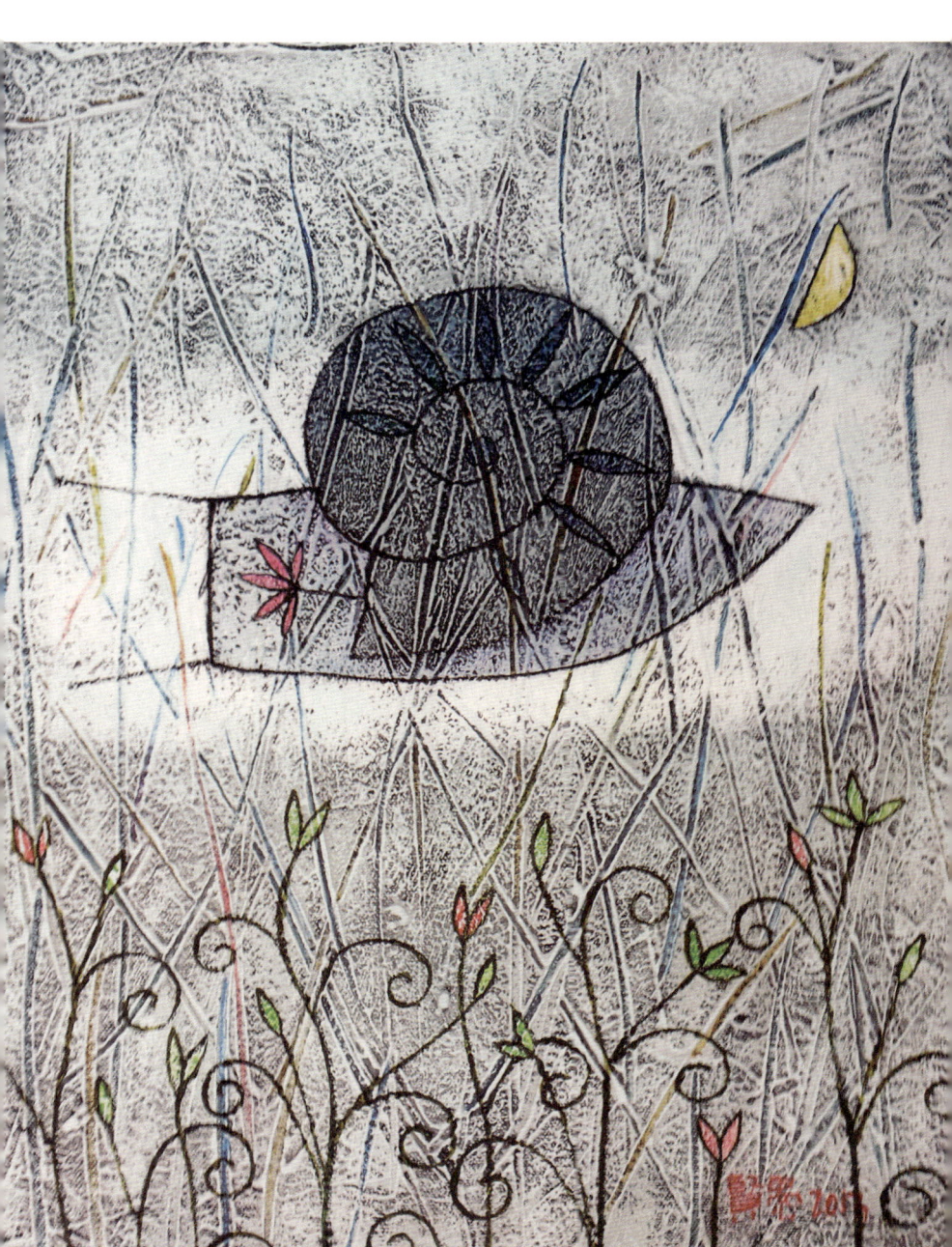

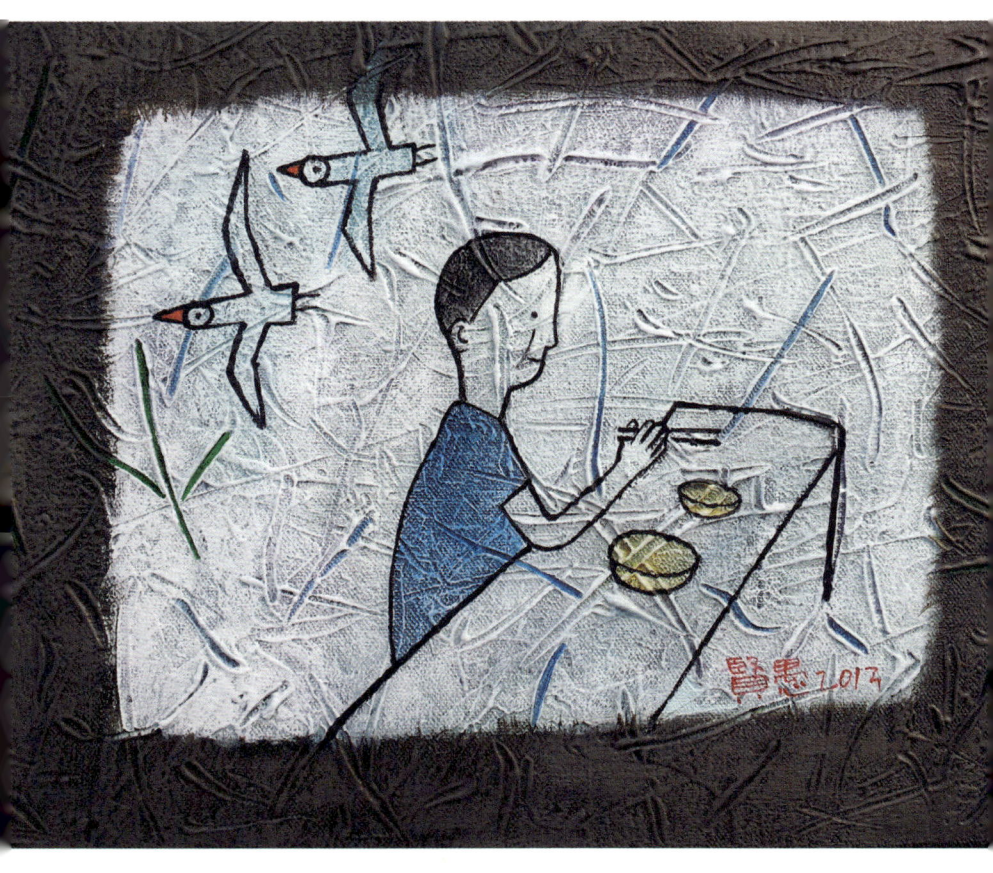

밥

이틀 만에 밥을 했다. 이틀 동안 나는 뭘 먹고 산 걸까? 기억이 안 난다. 언제나 나는 오전 11시 반에 밥을 안친다. 11시 반까지 밥 먹자는 전화를 기다리는 것이다. 함께 밥 먹자는 말은 내가 가장 좋아하는 말이다. 어떤 때는 라면이 다 끓었는데 전화가 오는 경우도 있다. 그리하여 한나절 불은 라면을 저녁으로 먹어본 적도 있다. 때가 되면 먹어야 하는 인간의 숙명은 가혹하다. 한꺼번에 배가 터지도록 먹고 며칠은 안 먹고 사는 동물도 있다. 하지만 '사흘 굶어 도둑질 안 하는 인간은 없다'. 한 끼만 건너뛰어도 이성을 잃어버리는 인간은 얼마나 열등한가.

끼니를 거르지 않기 위해선 누군가를 밟아야 하고, 아니면 굴욕을 견뎌야 한다. 굶어죽은 남자의 시체가 7개월 만에 아파트에서 발견됐다는 뉴스가 흘러나오는 겨울 한낮, 밥 끓는 소리가 서글프다.

일장춘몽

한의원 지하 병상에 누워 단전에 쑥뜸을 떴다. 벽에 써붙인 뜸의 효능 중 마지막 줄의 내용은 '뜸을 삼백 번 뜨면 고질병이 감동한다'였다. 고질 병균이 쑥 냄새를 맡고 감동해 자살이라도 한단 말인가 곱씹어보다가 어릴 적 먼 친척이었던 도인이 생각났다. 어머니는 이렇게 말하곤 하셨다. "그분은 도인이라 솔잎과 생콩을 드시고 배에 쑥뜸을 뜨신단다."

도인이 되면 축지법을 쓸 수 있다며 동네 아이들을 꼬드겨 솔잎과 생콩을 함께 먹었지만 학교에선 축지법은커녕 쑥뜸 뜨는 법도 가르쳐주지 않았고 우리는 끝내 산을 넘지 못했다. 산에 살던 도인이 돌아가셨을 때 어머니는 도인도 죽는다며 눈물을 흘리셨다.

한의원을 나와 산막으로 돌아오는 길에 생콩 한 봉지를 샀다. 산막 마당엔 쑥이 돋아나고 있었다.

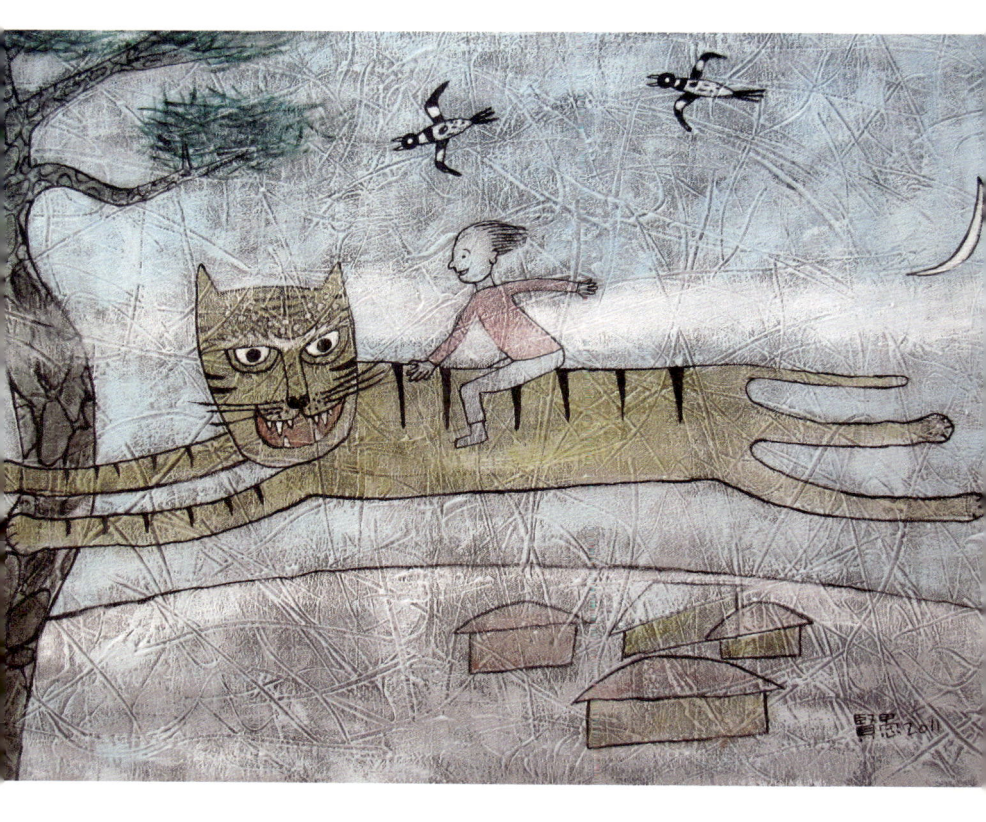

고수高手

내 친구 심마니 박가는 나보다 고수다. 오갈피, 겨우살이, 당귀, 오미자차는 절대 안 마시고, 담배는 나보다 더 피우고 술도 나보다 더 마시고 커피도 나보다 더 마시고 캐다가 망가진 산삼은 나보고 먹으라면서……

산은 나보다 더 잘 탄다.

습관

아침에 일어나 내가 제일 먼저 하는 일은 딕스 커피를 마시며 담배를 피우는 것이다. 커피와 담배 맛이 하루 중 가장 좋은 시간이다. 하지만 건강엔 안 좋은 습관이란다. 기분이 좋은 게 몸에 안 좋다니, 개 같은 경우다.

습관은 애인 같은 것이다.
내가 먼저 습관을 버리게 될지 습관이 나를 버리게 될지는 가봐야 안다. 담배와 믹스 커피가 나를 버릴 때까지만 살았으면 좋겠다. 버리는 쪽보다 버림을 받는 쪽이 고요해서 좋다.

나를 버린 사람들에게 미안하다 말하고 싶은 아침, 라디오의 건강 프로그램을 듣고 있다.

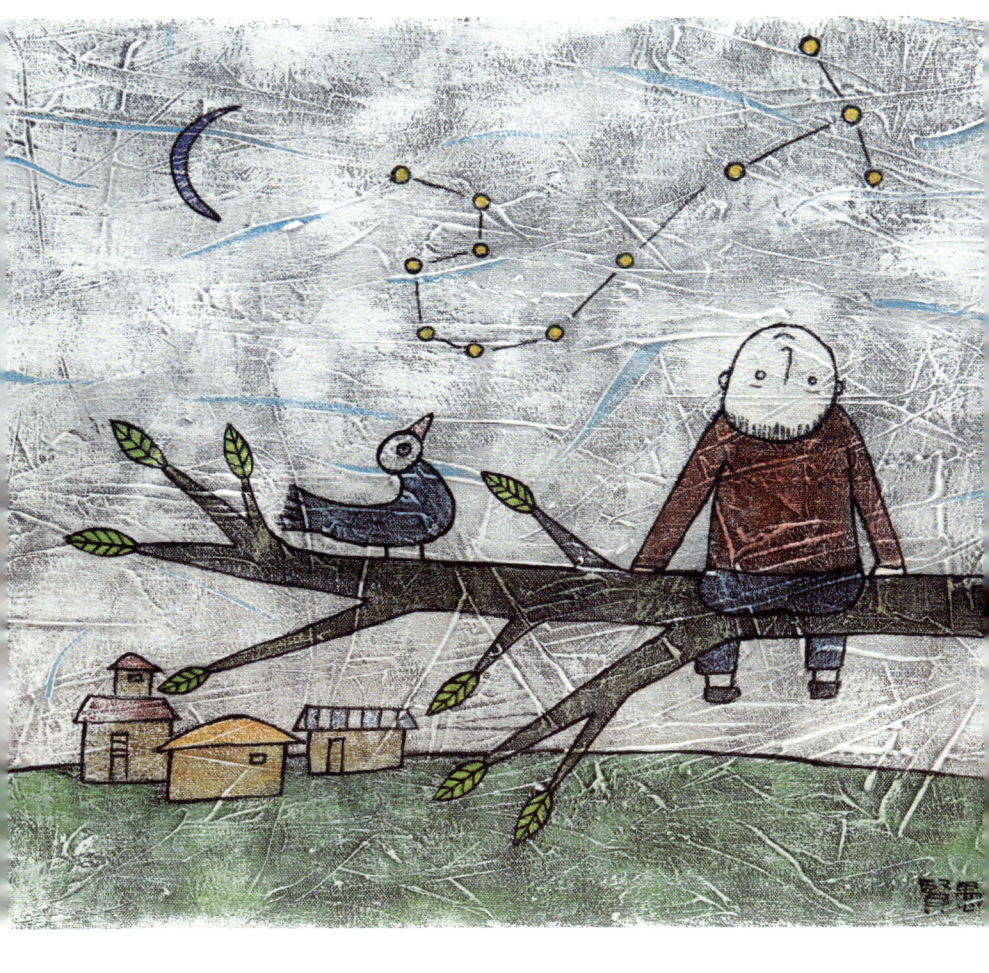

운석

기하학적으로 잘린 두 장의 햇살이 화실 벽에 걸려 있다. 새 그림자가 지나갔다. 햇살 조각에 뭔가 메시지가 적혀 있는 것 같다. 크롭 서클* 같다.

커피를 끓이는 동안 화실이 UFO처럼 떠올랐다. 대기권에서 잠시 지구를 내려다봤다.

러시아에선 새들이 운석처럼 떨어지고 있었다.

*
crop circle. 밭이나 논처럼 드넓은 들판에 새겨진 불가사의한 문양.

황혼의 햇살

꿈같은 날씨다. 10월 초엔 자라섬 재즈페스티벌이 열린다. 그때까지의 날씨 속엔 햇살과 안개와 재즈를 섞어 만든 소량의 환각제가 섞여 있다. 자학도 자조도 저항도 질투도 원망도 반성도 접어놓게 된다. 생을 긍정하게 된다.

나무도 자전거도 나비도 구름도 꽃도 바람도 새도 하늘도 그리움도……. 투명 에나멜을 발라놓은 것처럼 빛난다. 이런 날은 반짝이 옷이라도 입고 눈이 멀도록 햇살 속을 쏘다녀야 할 것 같다.

뭐든 잘 될 것 같은, 어디에선가 미래의 애인이 머리에 꽃을 꽂고 기다릴 것 같은 느낌, 내가 날씨에 따라 바뀌는 인간이라는 게 다행인 것이리라. 올 가을은 내게 각별하다. 내 비루한 생도 어느새 가을로 접어들었기 때문이다. 인생엔 겨울이 없다.

 부디 인간의 황혼도 단풍잎처럼 아름다워지기를…….

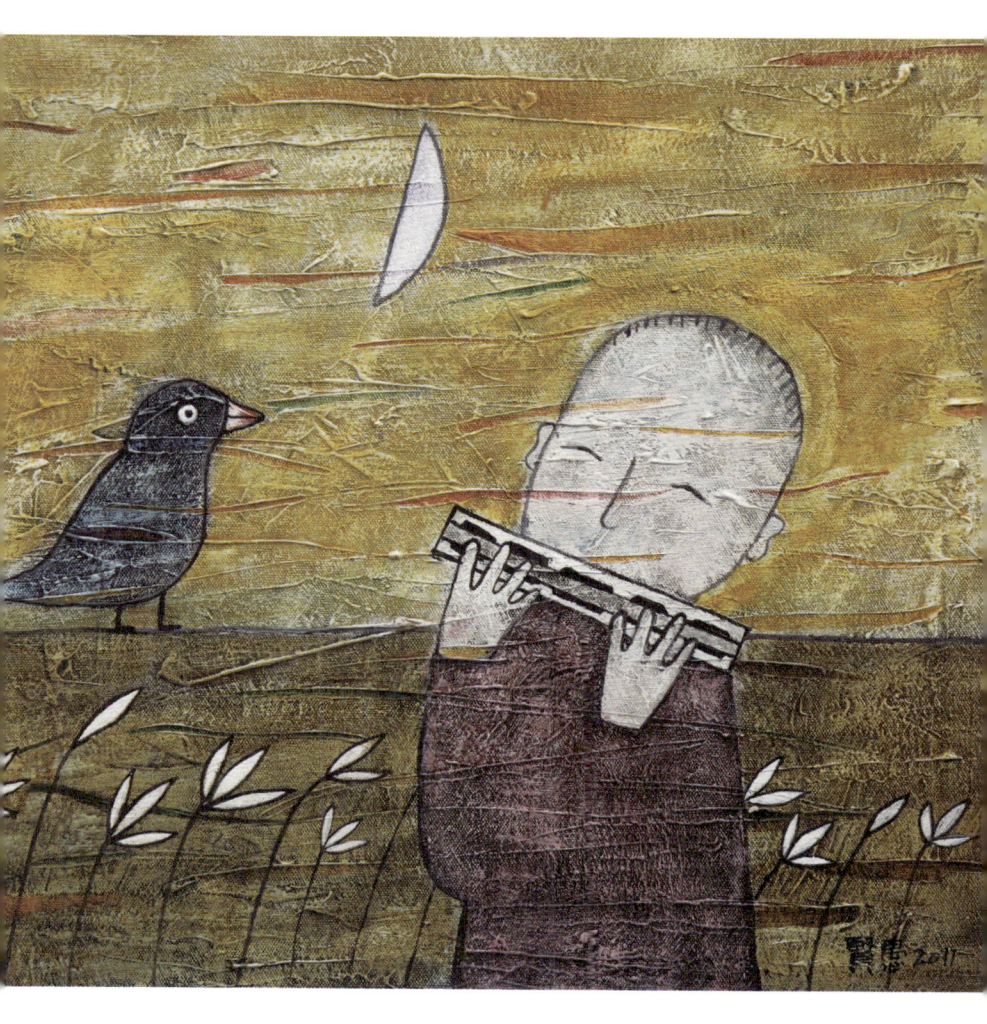

참을 수 없는 존재의 가려움

춘천역 횡단보도 앞에 자동차를 멈추고 신호가 바뀌기를 기다린
다. 남루의 노스님이 한 손에 천 원짜리 지폐 한 장을 펼쳐들고 횡
단보도를 건넌다. 탁발을 한 돈인지 지폐가 봄 햇살을 받아 전리
품처럼 빛난다.

등에 걸머진 바랑엔 대나무 효자손 하나 깃대처럼 꽂혀 있다. 생
의 업장業障을 물리치러 보무당당하게 건너편 푸른 신호등을 향해
걸어간다.

갑자기 등이 가려웠다. 내가 지은 업이 일시에 온몸 구석구석에서
스멀거리기 시작했다. 차 안엔 효자손이 없다.
운전석 등받이에 등을 마구 비볐다.

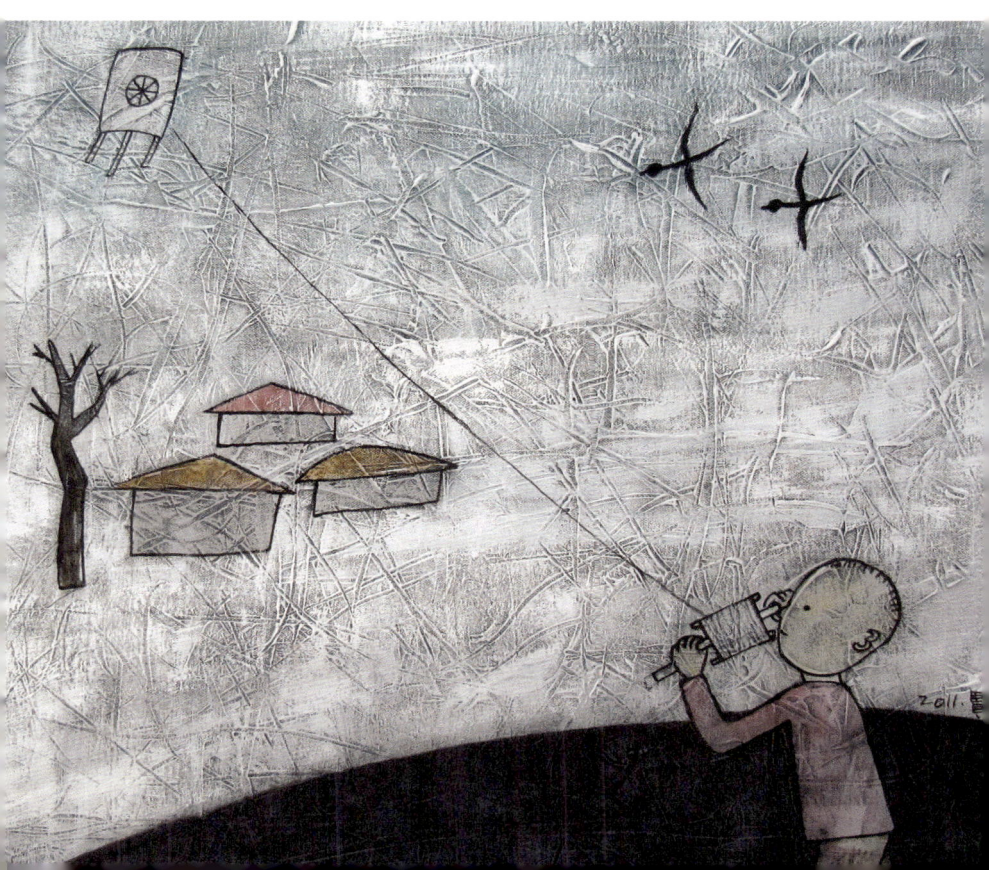

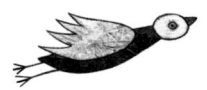

제2장

———

시간이 스러지는 순간

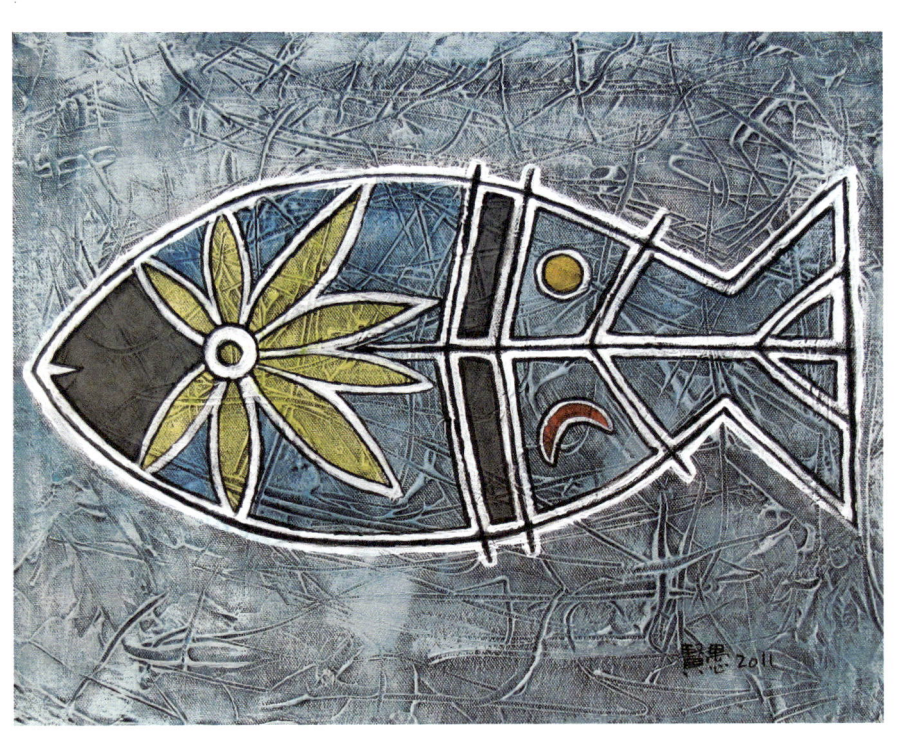

접힌 우산

비는 아침부터 내리고 '개미인력' 대기실엔 인부들이 접힌 우산처럼 빼곡하게 꽂혀 있다. 하루는 노가다판 잡부였다가 하루는 배추밭 농부였다가 하루는 산판 벌목꾼인 사람들. 나이도 사연도 제각각인 사람들이 비가 그치기를 기다리고 있다. 하루살이 같은 한 시절이 그치기를 기다리고 있다.

비 오면 우산이고 해 나면 양산인데 갈 곳이 없다.

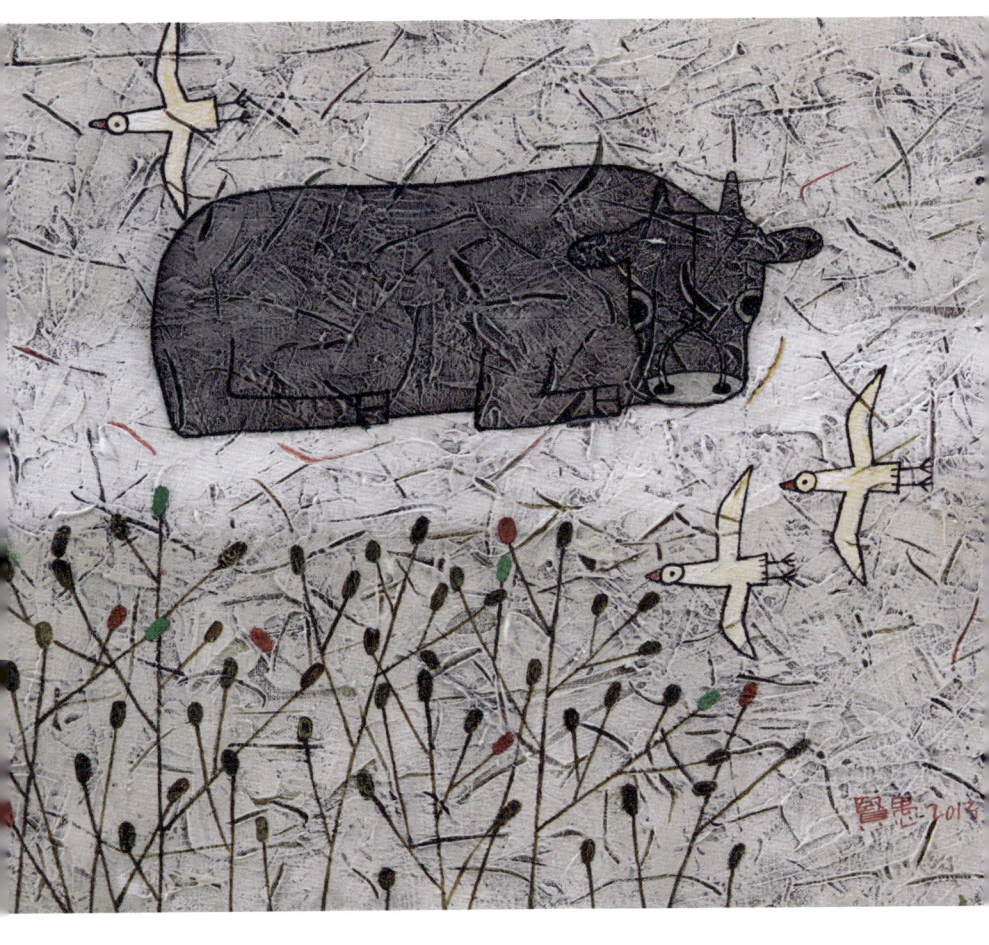

소

경운기와 트랙터에 밀려 일터를 잃은 지도 오래되었다. 이젠 단지 인간의 식도락을 위한 고깃덩어리일 뿐이다. 4월의 분주한 햇살 속에 엎드려 잘못된 세월을 되새김질해보지만 쟁기와 수레를 끌며 인간의 반려동물로 돌아갈 날은 다시 오지 않을 것이다. 인간에게 복수할 수 있는 유일한 길은 구제역에 걸려 생매장당하는 것뿐이다.

다음 생엔 절대 가축으로 태어나지 않겠다.

빈집

기형도 시인의 시 '빈집'을 노래로 들으며 울었던 기억이 있다. 노래를 들려준 사람은 김문규라는 무명 가수였다. 그는 2011년 여름, 춘천의 시동인 'A4'가 마련한 시사랑 캠프에 초대된 가객이었다.

노래 〈빈집〉을 들은 건 공연장이 아니라 '새들은 날아가 올훼의 땅에서 죽다'라는 긴 이름을 가진 카페였다. 모든 행사가 그렇듯 뒤풀이 자리가 더 즐거운 법이다. 안도감과 허탈감이 뒤섞여 광란이 펼쳐지곤 하는 것이다.

왁자지껄 술을 마시고 노래를 따라 부르며 몸을 흔들던 사람들도 거의 돌아가고 외지에서 온 몇몇 사람과 주인만 남았다. 테이블마다 축제가 남긴 잔해들이 어지럽게 뒹굴었다. 한동안 적막이 흘렀다. 서로 말없이 남은 술잔을 기울이고 있을 때 기타 소리가 들리기 시작했다 이어서 나지막한 목소리가 기타에 실렸다. 기형도의 시 '빈집'이었다.

　　사랑을 잃고 나는 쓰네

　　잘 있거라. 짧았던 밤들아
　　창밖을 떠돌던 겨울 안개들아
　　아무것도 모르던 촛불들아, 잘 있거라
　　공포를 기다리던 흰 종이들아
　　망설임을 대신하던 눈물들아
　　잘 있거라, 더 이상 내 것이 아닌 열망들아

　　장님처럼 나 이제 더듬거리며 문을 잠그네
　　가엾은 내 사랑 빈집에 갇혔네

눈물은 '더 이상 내 것이 아닌 열망들아'에서 흐르기 시작했다. 너무 쓸쓸했다.

'빈집'은 기형도의 시 중에서도 가끔 다시 읽게 되는 시다. 하지만 '빈집'을 읽으며 울었던 적은 없었다. 노래를 들었기 때문에 운 것이다. 노래의 힘이다. 물론 김문규가 노래를 잘했기 때문이다. 저음이었다. 저음은 음유시인이 갖춰야 할 조건임에 틀림없다. 세계적 음유시인으로 꼽히는 밥 딜런, 로드 맥킨, 레오나드 코헨Leonard Cohen도 모두 저음이다.

기형도의 시는 음악성보다는 회화성이 강한 현대시다. 김소월의 많은 시가 노래가 될 수 있었던 것은 시의 음악성 때문이다. 기형도의 시에 멜로디를 붙인 것은 놀라운 일임에 틀림없다. 이 놀라운 일을 한 사람은 백창우다. 그는 동요를 만들어 부르는 음악가다. 전래동요를 발굴해 시대에 맞게 리메이크하는가 하면 자신의 시뿐만 아니라 좋은 동시를 발굴해 곡을 입히는 작업을 한다. 시 노래는 어른들을 위한 그의 또 다른 작업이다.

원래 시는 읽는 게 아니고 음악처럼 듣는 것이었으리라. 그리스신화에 등장하는 오르페우스는 최초의 음악가이며 시인이다. 노래는 곧 시였고 시는 곧 노래였다. 언제부터 시가 노래로부터 독립했는지는 확실치 않다. 인간의 뇌가 커지며 욕구도 다양해졌을 것이고, 문자를 쓰게 된 이후, 어느 시점에서 읽는 시가 필요했을 것이다. 그 후 노래와 시는 따로 또 같이 헤어지고 만나며 인간 정신의 지평을 넓혀온 것이다.

〈빈집〉은 백창우의 4장짜리 앨범《백창우 시를 노래하다》에 실린 곡이다.《백창우 시를 노래하다》엔 노래가 된 시 60곡이 실려 있다. 백창우는《백창우 시를 노래하다》에서 이렇게 말하고 있었다.

세상이 무척 험하던 그 스무 살 무렵, 나는 생각했다. …… 내 노래가 아름다우려면, 내 노래가 힘 있으려면, 어떻게 해야 할까. …… 세상이 아무리 시끄러워도 나는 조그맣게 노래하고 싶었다. 나는 내가 하고 싶은 대로 하면서 살고 싶었다. 그래서 언제나 내 몸을 따라 걸어왔다. 내 몸이 가자는 대로 따라갔다. 그러면서 나는 알았다. 이 세상에는 시를 마음대로 못 쓰고, 못 읽게 하는 사람들이 있다는 것을. 이 세상에는 노래를 마음대로 못 만들고, 못 부르게 하는 사람들이 있다는 것을. 그래도 시인들은 달랐다. 그래도 진짜 시인들은 달랐다. 누가 뭐라고 해도 그들은 제 맘대로 했다. 제가 가고 싶은 길을 갔다. 나는 시인이 뭔지 조금 알 것 같았다.
…… 그리고…… 그리고 어느 날, 이런 생각이 들었다. 이 세상이 아름다운 건, 이 세상 어딘가에 시가 숨어 있기 때문은 아닐까, 하는 생각 말이다.

스물아홉에 요절했고 단 한 권의 유고 시집 『입속의 검은 잎』으로

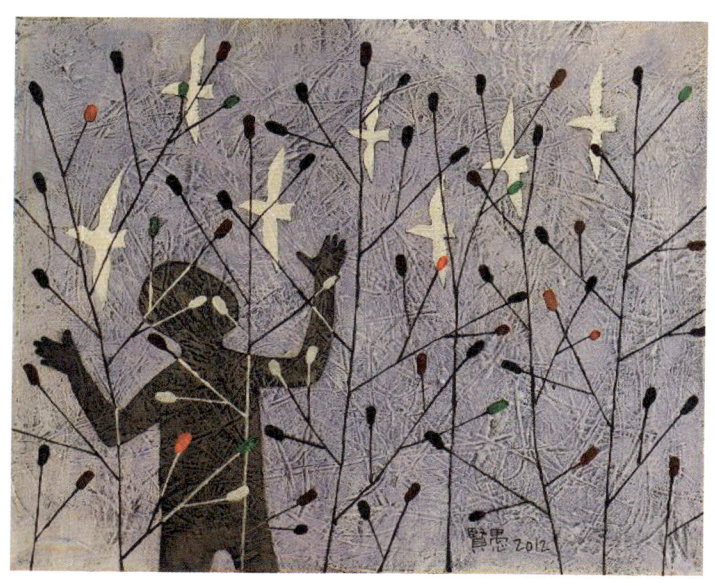

시단을 평정한 천재 시인 기형도, 그가 남긴 우울한 시편 중에서도
'빈집'은 더없이 허무한 시다. 존재의 슬픔과 허무를 일깨우는 일,
세상을 위해 시가 할 수 있는 일임에 틀림없다.

노래 〈빈집〉을 들으면 빈집에 들어 장님처럼 더듬어 문을 잠그고
밀린 울음을 울고 싶어지는 것이다.

고흐의 화실

식은 바람이 불고 자작나무 이파리들이 사금파리처럼 빛나는 시월의 오후, 낮 꿈의 어귀에서 만난 빈센트 반 고흐에게 귀는 좀 어떠냐고 물었다. 화가는 죽어야 그림 값이 오른다며, 이런 개 같은 경우가 어디 있냐며, 살아선 단 한 점의 그림밖에 팔지 못했다며, 시월의 벌레 소리가 가장 쓸쓸하다며, 화실 바닥에 단풍만 깔고 있었다.

시대를 앞지른 죄로 평생 우울과 불안과 가난과 고독을 붓질해야 했던 천재의 광기가 그리워지는 날이다. 산막 유리창 밖으로 19세기 말의 낙엽이 하나둘씩 날리고 있다.

봄 2013

튀니지의 국경에서 한 소녀가 바이올린을 켠다. 나는 햇살이 낙진처럼 내려앉는 분단국가의 수복지구에서 꽃의 북진을 지켜본다. 하루 종일 아름다운 말을 주문처럼 중얼거린다. 재스민 혁명, 국경없는의사회, 그린피스, 히피공동체, 평화통일…….

봄이 가기 전에 음악이 권력인 세상이 와야 한다는 등 실성한 놈처럼 헛소리를 지껄인다.

봄은 언제나 뒤숭숭하다.

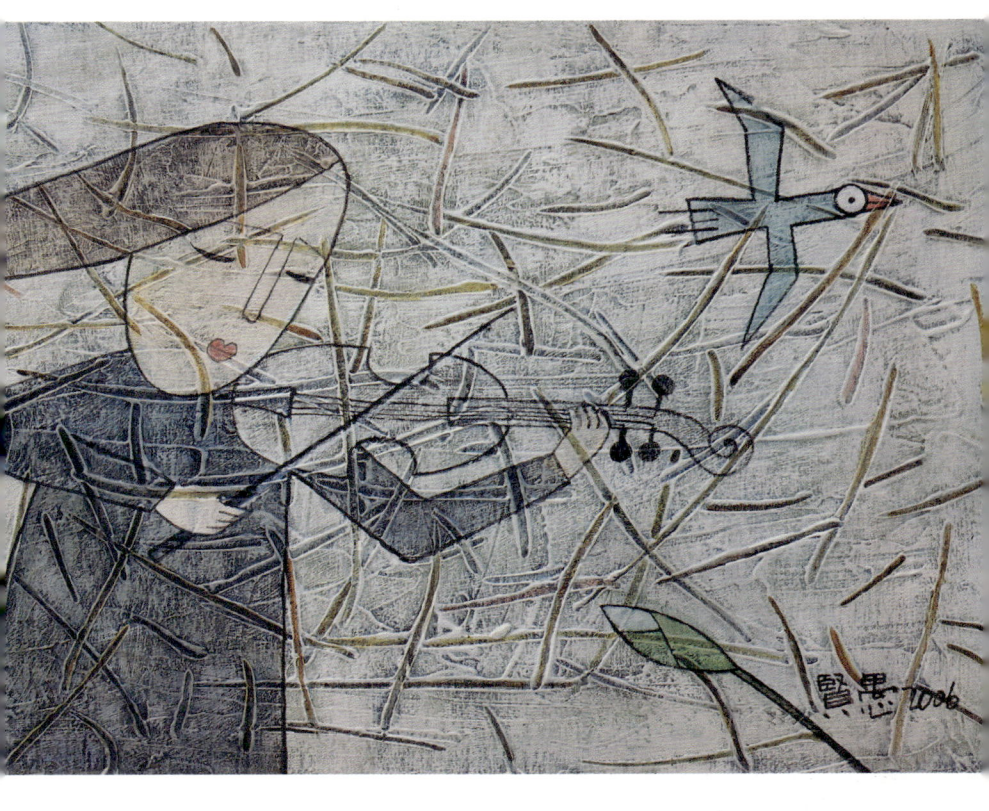

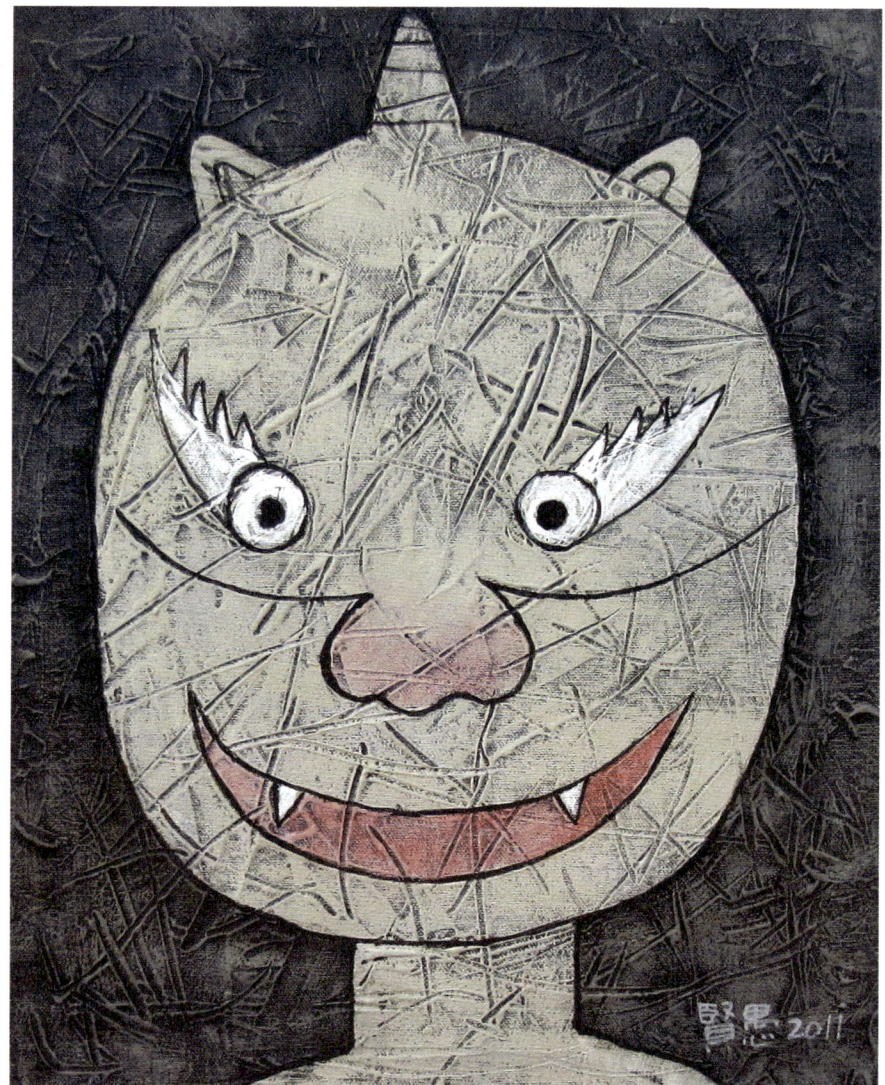

예술과
아웃사이더

주말엔 가족과 여행을 하고, 노후를 위해 보험을 들고, 전원을 꿈
꾸는 소시민적 삶에서 불안과 수치를 느끼는 사람이 있다면, 어떤
집단이나 사회에서도 불화를 겪을 수밖에 없는 국외자局外者적 운
명을 가진 쓸쓸한 인간이 있다면, 우리는 그를 아웃사이더라고 부
른다.

자신의 귀를 자르며 자화상에 집착했던 그흐나 깨진 거울처럼 분
열된 자아를 보여주었던 이상처럼, 자신의 존재를 끊임없이 확인
하지 않고는 못 배기는 예술가의 모습은 아웃사이더의 전형이다.
물론 모든 예술가가 아웃사이더는 아니다. 키츠John Keats도 이광수
도 체제에 잘 적응했던 정상인이다. 신경증이 있었다는 징후는 어
디에도 없다. 하지만 우리가 아웃사이더에게서, 그들의 불행한 삶
에서 예술의 향기를 강하게 느끼게 되는 이유는 무엇일까?

세계적인 예술가 백남준이 문화부 장관 시절의 이어령을 방문했
다. 백남준은 멀쩡한 검은색 양복 상의 한쪽에 스스로 바느질해 덧

댄 빨간 천 주머니를 달고 있었다. 이어령이 어이없어하며 뭐냐고 물었더니 담배 주머니라고 천연덕스럽게 대답했다.

피아노 위에서 정사를 벌여 그 소리를 관객들에게 들려주려 했던 그가 독일이나 미국이 아닌 우리나라에서 예술을 했다면 지금은 과연 어떤 모습일까? 아웃사이더의 남다름을 용납하지 않는 경직된 우리 사회의 획일성이 많은 예술적 천재들을 정신병원에 가두어놓고 있는 건 아닌지.

아웃사이더라고 해서 모두 병적이며 퇴폐적인 것은 아니다. 자신의 집안이 천석지기의 지주라는 사실에 원죄의식을 갖고 속죄의 방법으로 고향에서 야학을 열었던 김유정 같은 아웃사이더도 있다.

모든 가치가 물질로 환산되는 정신 부재의 이 시대에 아웃사이더로 산다는 건 눈물겹다. 안정된 삶을 본능적으로 거부했던 예술가들의 방황과 번민과 자학 앞에서 나는 내게 묻는다. 당신은 아웃사이더인가?

혈연기피증

혈연기피증이란 정신병이 의학사전에 있나 모르겠다. 혈연기피증 환자들은 명절이면 멘붕이 된다. 대부분 가정에 실패한 독거자獨居者들이다. 명절 연휴엔 모든 식당이 문을 닫는다. 밥 사먹을 때가 없다. 세상이 사막이 되는 것이다.

그리하여 명절날 혼자서 라면에 소주를 시발시발 하며 먹어야 하는 것이다. 세상의 모든 비애를 떠맡은 것 같은 그 기분을 어찌 필설로 다할 수 있겠는가? 주변에 그런 인간 없나 살펴보는, 보름달처럼 후덕하고 여유로운 추석이었으면 좋겠다.

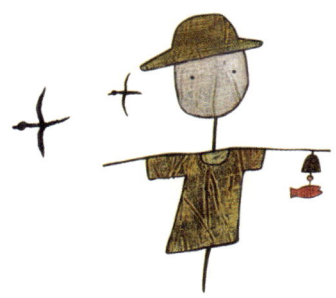

지구를 떠나고 싶다

일본 동북부에서 대지진이 일어났고 비현실적인 꽃샘추위가 며칠째 계속되었다. 텔레비전은 쓰나미가 배와 자동차와 집을 비질하는 장면을 반복해서 보여주었다. 영화를 보는 것 같았다. 텔레비전 화면 하단으로 자막이 지나갔다. 성금 모금이 시작됐다는 소식이 지나가고, 유명한 개신교 목사가 일본 지진을 천벌이라고 해 파문이 일고 있다는 소식도 지나갔다. 일본이 하나님을 믿지 않아 받은 벌이라는 것이다.

인터넷 검색창에 목사의 이름을 입력하자 어느 유명한 문화 평론가가 목사를 향해 날린 원색적 비난이 떴다. "목사는 11년째나 휴거를 못 하고 있다. ○○○목사 휴거 추진위원회를 만들어 그를 나로호에 태워 우주로 보내야 한다."

한참을 미친놈처럼 낄낄대다 나는 그 유명한 목사가 부러워졌다.

지구를 떠나고 싶다.

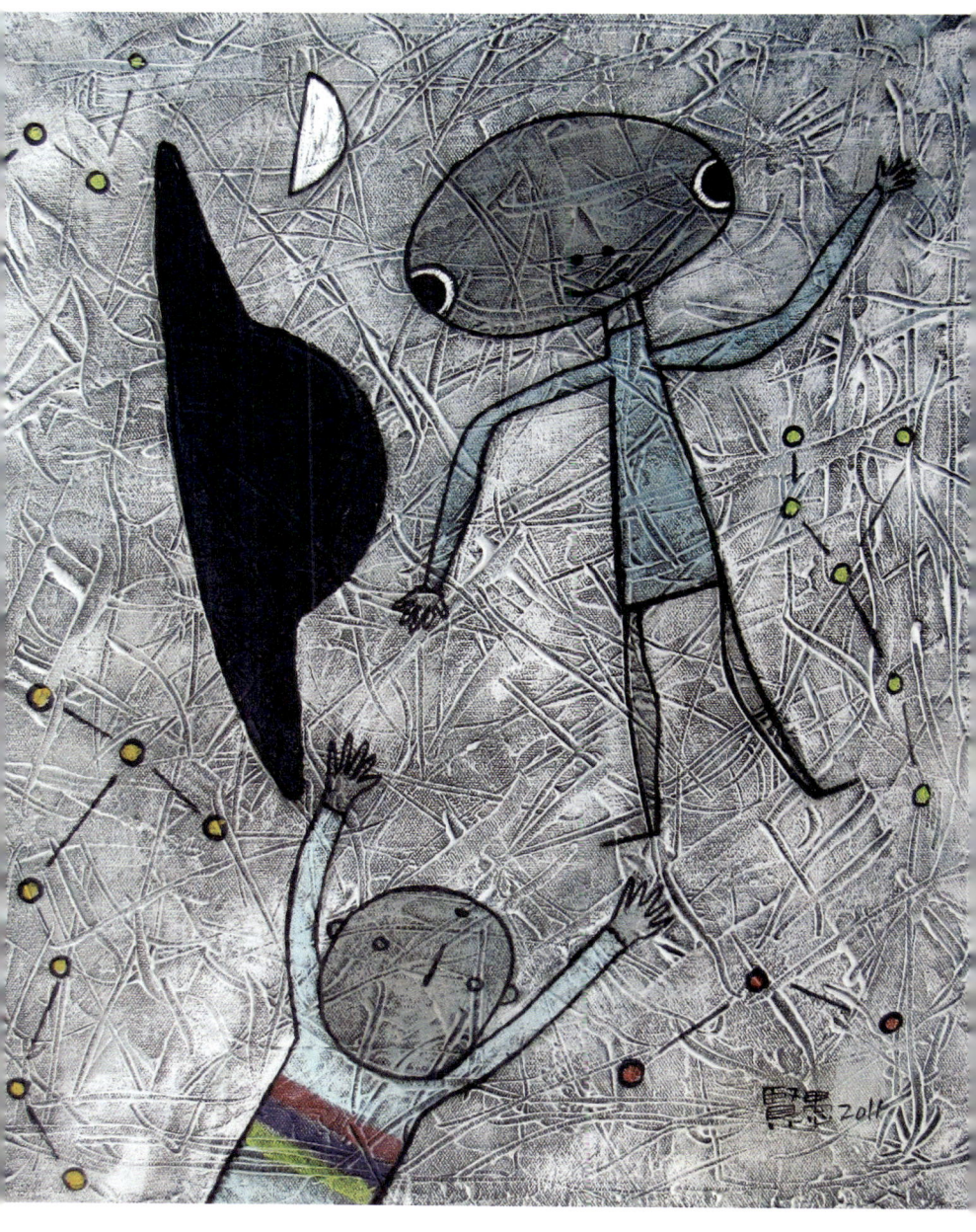

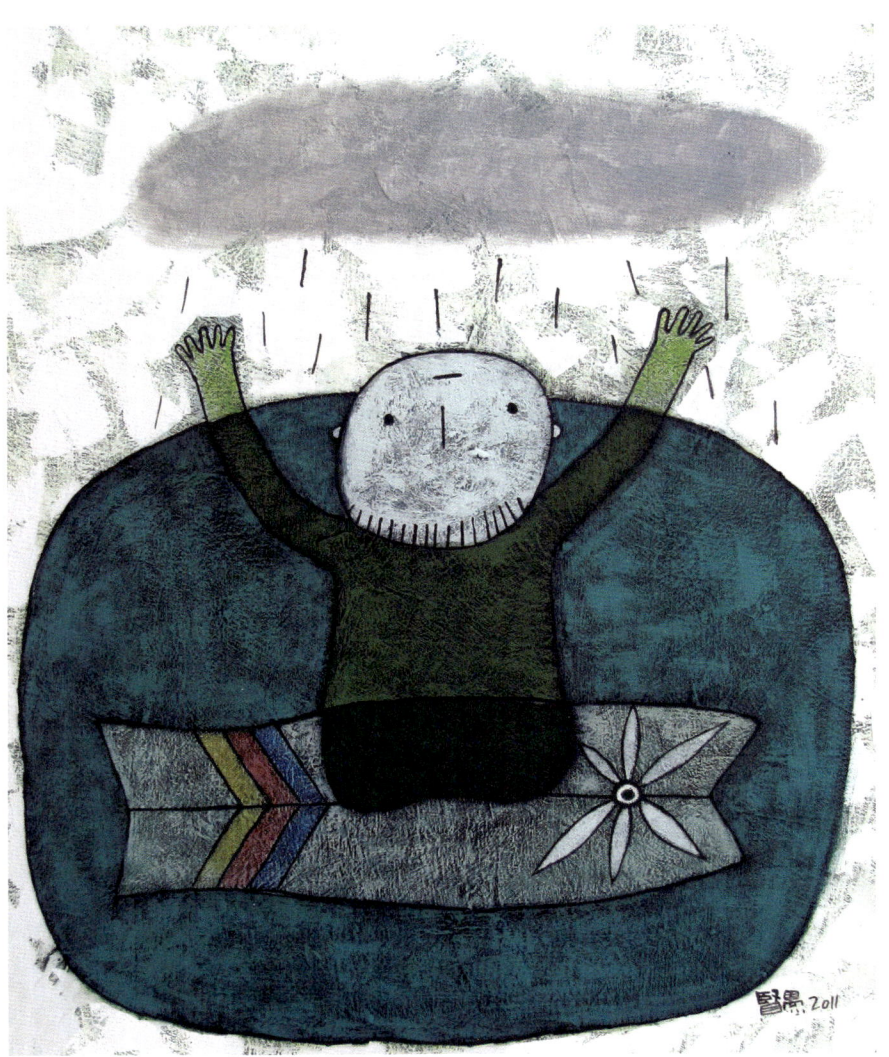

독립군

비에 갇혔다. 쇠창살처럼 완강한 빗줄기가 모든 문과 창을 봉쇄했다. 사식 넣어줄 인간도 없다. 숙취를 견디며 광복절 특사를 기다리고 있다. 독립군이라고 다 같은 독립군이 아닌 모양이다. 다음 생엔 개인의 독립이 아니라 나라의 독립을 위해 싸워야겠다.

자본의 홍위병

심양가는 길에   들른 칠용의 뒷골목
에서
만났다   마오쩌뚱을
                                 낡전에게 마오쩌
골동품 상인이   세워 놓고
딱 흙상을   나라의 여행
자득들우   흥정하고 있었다
자와 혁명을   연호하던 800만
마오쩌뚱을   모두 어디로 갔을까?
땅의 홍위병들은
어쩌면 골동품   한때는 홍위병 출신
인지도 모른다   재규니 자꾸선
웃음이 났다   중국은 어디에도
사회주의   보이지 않았다
혁명대신 자본의
광가를 반득이는   신양의 지능동시장에서
롤스박 시계들 흔들고   더듬 살주말로
형님을 연발하는 치니마   깝을 반으로
끄덕아 시계들 사는 이방인
모두가 자본의 홍위병이다

賢愚. 2011. 6

자본의
홍위병

심양 가는 길에 들른 철용의 뒷골목에서 마오쩌둥을 만났다. 골동품 상인이 난전에 마오쩌둥 흉상을 세워놓고 자본주의 나라의 여행자와 혁명을 흥정하고 있었다. 마오쩌둥을 연호하던 800만 홍위병*은 모두 어디로 갔을까? 어쩌면 골동품 상인도 홍위병 출신일지 모르겠다 생각하니 자꾸 웃음이 나왔다.

중국의 어디에도 사회주의는 보이지 않았다. 혁명 대신 자본의 광기로 번득이는 심양의 짝퉁 시장에서 롤렉스시계를 쳐들고 서툰 한국말로 "형님"을 연발하는 청년과 값을 반으로 깎아 시계를 사는 이방인 모두가 자본의 홍위병이다.

*
마오쩌둥은 200만 명씩 모두 네 번 홍위병을 동원했다.
세계에서 가장 많은 군중을 동원한 인물로 기록되어 있다.

4월의 눈

마당에 세워놓은 자전거를 쓰러트리며 시청 철거반처럼 들이닥친 4월의 눈보라가 현관문을 거세게 두들긴다. 라디오에선 전쟁을 부추기는 뉴스가 끊임없이 흘러나온다.

언제 철거될지도 모르는 내가, 민방위도 끝난 내가, 무정부주의자인 내가 국가를 위해 할 수 있는 건 아무것도 없다. 늙은 빨치산처럼 이불을 뒤집어쓰고 서정시집이나 읽는 것이다. 2013년 4월 9일이다.

12월

12월엔 언제나 잘 못살았다. 이렇게 사는 게 아니었다. 다행히 눈이 많이 내렸고 술자리가 늘어났다. 그리하여 12월은 손쓸 새도 없이 인생 뭐 있어 하면서 금방 지나가는 것이었다.

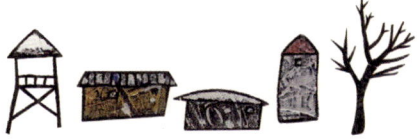

별자리

도촌 초등학교 별자리 벽화 1단계 작업은 계절별 별자리를 교과서적으로 그리는 것이었다. 2단계는 아이들이 그려 온 별자리를 남은 담벼락에 복제하는 작업이다. 아이들의 그림을 그대로 베끼는 것이지만 1차 작업보다 훨씬 흥미롭다. 유치원부터 초등학교 저학년까지는 모두 미술 천재들이다.

1학년 꼬맹이 셋이 기왕에 그려놓은 계절별자리를 구경하며 떠들었다. 그중 한 녀석이 이렇게 말했다.
"야, 이거 박수근 미술관이 그린 거야."
그중 키가 가장 작은 녀석이 반박했다.
"아니야, 박수근 미술관은 죽었어."
그러자 박수근 미술관이 그렸다고 주장했던 녀석이 나를 가리키며 말했다.

"아니야, 저 아저씨가 박수근 미술관이야."
아이들이 그려 온 별자리엔 토끼자리도 있고 헐크자리도 있고 배
추 흰나비자리도 있었다.

천문학자도 모르는 별자리가 반짝이고 있었다.

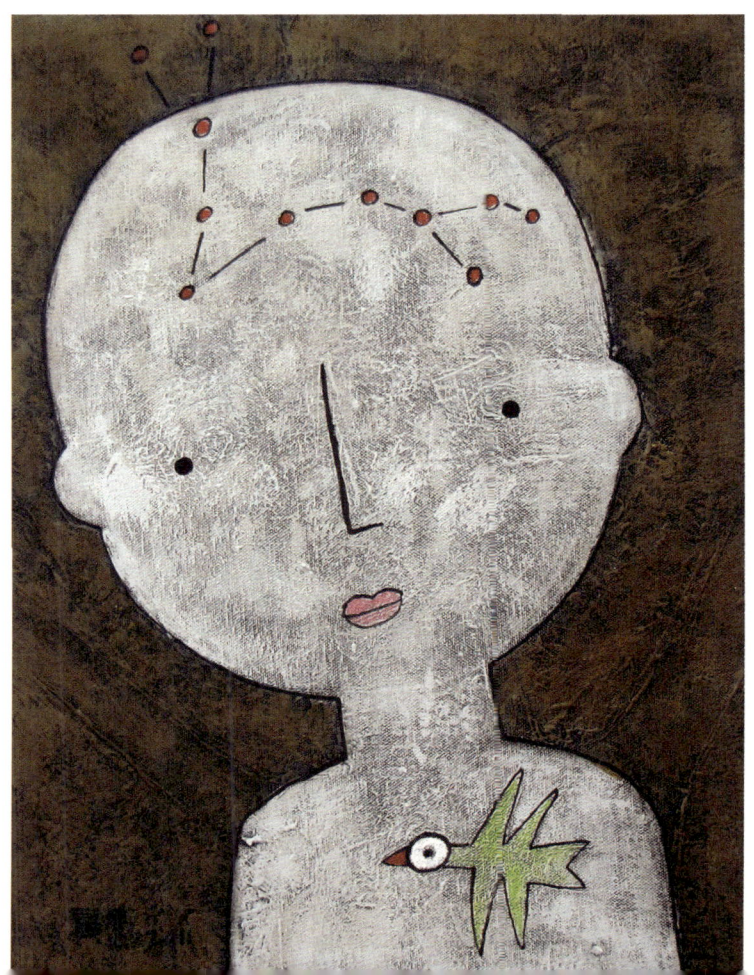

땡초

산에서 살던 시절 나는 조폭 출신으로 짐작되는 땡초와 사귄 적이 있다. 땡초는 주색을 밝혔고 나는 땡초에게 몇 번인가 술을 얻어마셨다. 술집 여자들에게 돈을 뿌리며 체질적으로 안 맞는 승려 생활의 스트레스를 푸는 것일 수도 있었고, 아니면 한 소식* 한 수행자가 보여주는 자유자재일 수도 있었다. 어쨌거나 땡초에게도 신도가 있다는 사실이 불가사의였고 그의 이중성도 흥미로웠다. 어떤 때는 그가 부러웠다. 가장 부러웠던 것은 그에겐 공양주가 있다는 사실이었다. 혼자 사는 인간의 가장 큰 비애는 밥해 먹는 일이 아니겠는가?

"스님, 내가 스님보다 훨씬 더 중처럼 사는데 이거 불공평한 거 아

*
수행자가 본성을 깨우치고 부처가 됨을 뜻하는 불교 용어

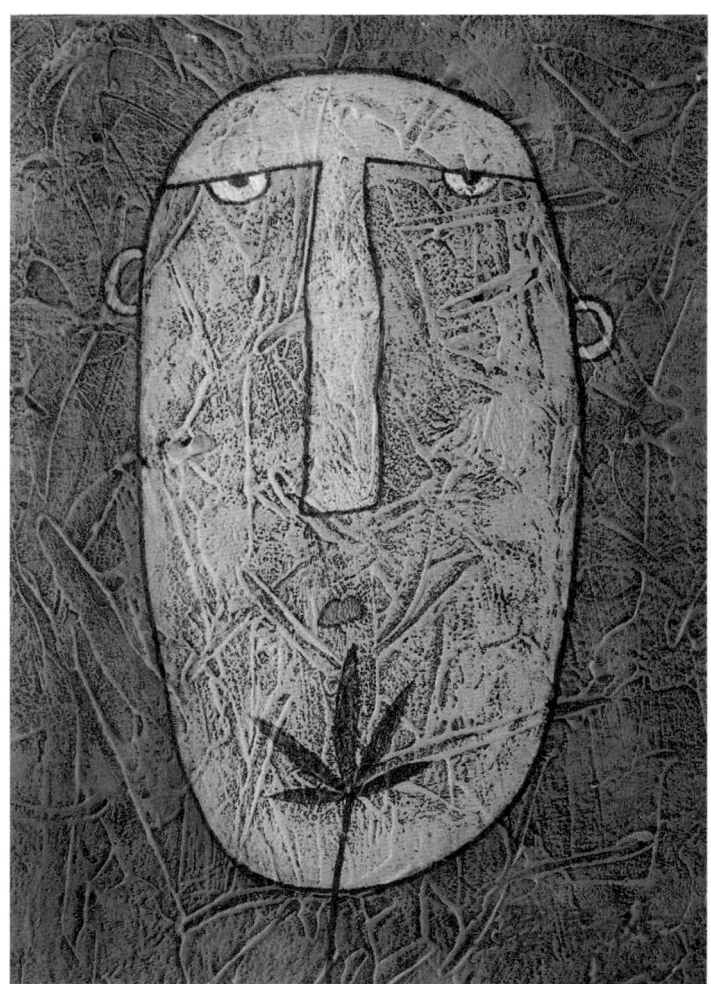

니오? 나도 공양주 두고 살고 싶소. 내게도 염불 가르쳐주시오. 나도 혹세무민하며 편하게 좀 살고 싶소."

땡초는 내게 6개월 속성으로 염불과 신도 낚는 몇 가지 술수를 가르쳐주고 계까지 받아주겠다고 약속했다. 하지만 나는 시작도 못 해보고 산을 떠났고 이윽고 소식이 끊겼다. 아마 그 땡초는 전생에 수행을 많이 한 모양이다. 살다보면 인생 쉽게 사는 인간들이 부러울 때도 있는 것이다.

그런데 왜 갑자기 땡초가 떠오른 것일까? 요 며칠 돈 버느라 마음이 고달팠나 싶다.

선착순

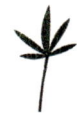

젊은 시절 괜히 못마땅한 인간들 트집 잡으며 입버릇처럼 했던 말이 있다. "너 이 자식아, 사회생활 똑바로 해!" 당시엔 유행어였던 것 같다. 주로 후배들 앉혀놓고 했던 말이다. 그래도 이 말에는 공동체 의식이 있었다. 내게 잘하라는 게 아니라 사회생활 잘하라는 거 아닌가.

군대 생활할 때 선착순 일등 하는 놈들이 제일 싫었다. 이런 놈들 붙잡아놓고 했던 말도 "사회생활 똑바로 해!"였다. 나는 일부러 꼴찌를 했다. 저항할 수 있는 유일한 방법이었다. 전우들을 선동했던 적도 있다. 선착순 시키면 병렬로 나란히 서서 골인하자고, 그렇게 하는 게 사회생활 잘하는 거라고. 그러나 막상 선착순 하면 언제 그랬냐며, 여긴 사회가 아니라 군대라며, 다들 이를 악물고 뛰는 것이었다. 나는 군대도 사회라며 최후의 일인이 되어 고독하게 뺑뺑이를 돌곤 했다.

지금도 내가 가장 싫어하는 인간은 저만 살겠다고 선착순 일등 하는 놈들이다.

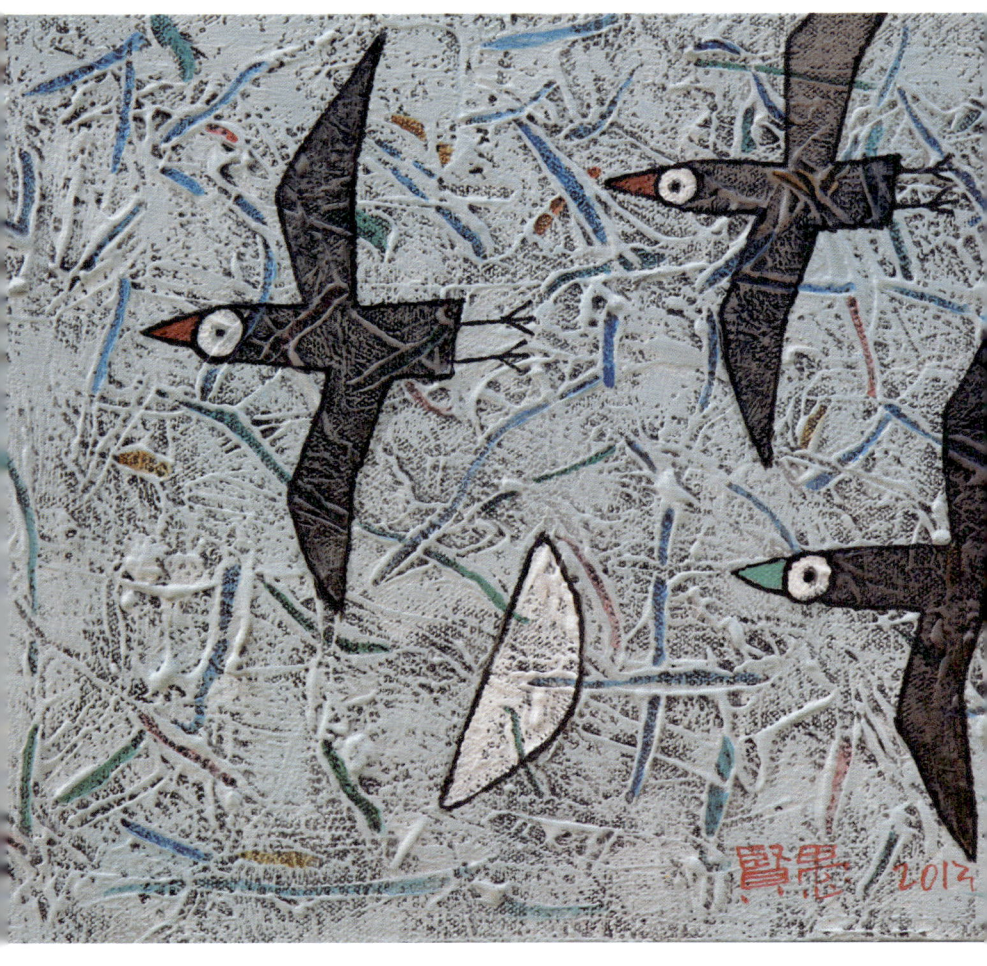

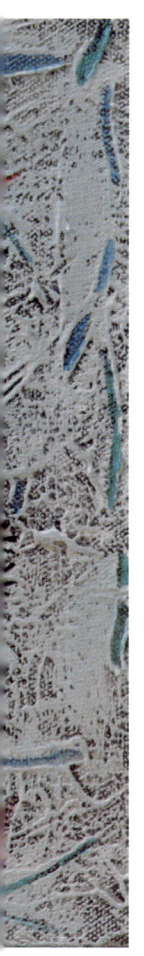

억울한
식물

집을 비운 사이 눈이 내렸다. 누가 다녀갔는지 산막 마당엔 발목까지 빠진 발자국이 찍혀 있었다. 우체부가 문틈에 눈길을 끼워놓고 갔다. 난로를 지피고 마리화나 흡연 죄로 감옥에 간 후배의 편지를 읽었다. 편지지엔 비현실이라는 글자가 군데군데 새 발자국처럼 찍혀 있었다. 비현실적인 잠 비현실적인 꿈 비현실적인 죄 비현실적인 벌……

편지를 읽다가 마리화나의 억울함을 생각해보다가 새 발자국이 마리화나 잎처럼 생겼다는 생각도 해보다가 마리화나 피우고 새처럼 날아가고 싶었다.

달팽이

전쟁을 막는 일에 힘을 보태야 한다면 난 뭘 할 수 있을까 생각했다. 내 글과 그림이 권력자들을 감동시킬 순 없을 것이다. 그렇다면 뭘 해야 한단 말인가? 기도하는 일밖엔 없을 것 같다. 하지만 내겐 종교가 없다. 어떤 신에게 기도를 해야 한단 말인가?

달팽이를 믿기로 했다. 토테미즘이다. 아직 달팽이를 믿는 종교가 있다는 얘기는 못 들어본 것 같다. 이참에 나도 교주가 되는 것이다. 은하계 구조도 나선형이고 DNA 구조도 나선형이다. 달팽이는 우주와 교신하는 안테나도 갖고 있다. 게다가 이 시대의 화두인 느림의 미학을 몸으로 실천하고 있지 않은가? 우주의 비밀을 짊어지고 신비를 향해가는 달팽이의 모습을 보라 얼마나 성스러운가? 맹목은 아닌 것이다. UFO를 믿는 라일리언교와 연대해 교세를 확장할 것이다.

"모든 인류가 달팽이교를 믿을 때 지구상에서 전쟁이 사라지고 평
화가 찾아올 것이다."

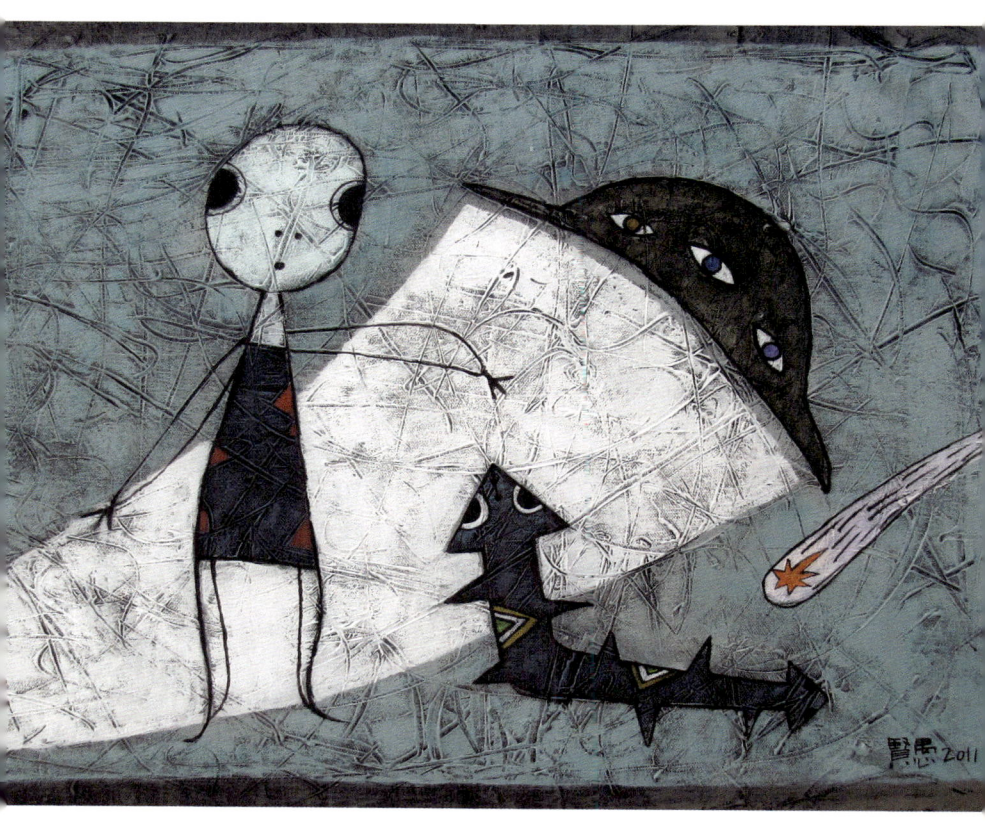

숙취 2012

라디오를 들으며 누워 숙취를 견디고 있다. 폭설이 내리고 한파 특보가 내렸다. 소리조차 얼어붙었는지 읍의 변두리는 고요하다. 쓰린 속을 어떻게 풀어야 하나 궁리 끝에 끓여본 콩나물 라면은 시원하다.

앨런 긴즈버그Allen Ginsberg*에게 붙여진 반문화의 계관 시인이란 수사는 그럴듯하다. 하지만 속은 여전히 쓰리다. 방 안에 누워 앨런 긴즈버그의 '너무나 많은 것들'이란 시를 읽으며 시린 속을 달래고 있다.

> 너무나 많은 공장들 / 너무나 많은 음식 / 너무나 많은 맥주

*
미국의 사이키델릭 시인으로 1950년대 태동한 비트 제너레이션의 리더였다.
그는 군국주의와 물질주의와 성적 억압에 반대했고 환각의 자유를 위해 노력했다.

너무나 많은 담배 / 너무나 많은 철학 / 너무나 많은 주장
그러나 너무 부족한 공간 / 너무나 부족한 나무 / 너무나 많은
경찰 / 너무나 많은 컴퓨터 / 너무나 많은 가전 제품 / 너무나
많은 돼지고기 / 회색 슬레이트 지붕들 아래 / 너무나 많은 커
피 / 너무나 많은 담배 연기 /너무나 닳은 종교 / 너무나 많은
욕심/ 너무나 많은 양복 / 너무나 많은 서류 / 너무나 많은 잡
지 / 지하철에 탄 너무나 많은 피곤한 얼굴들 / 그러나 너무나
부족한 사과나무 / 너무나 부족한 잣나무 / 너무나 많은 살인 /
너무나 많은 학교 폭력 / 너무나 많은 돈 / 너무나 많은 가난 /
너무나 많은 금속 물질

너무나 많은 비만 / 너무나 많은 헛소리 / 그러나 너무나 부족
한 침묵

여름유감

산골의 여름은 살생이 일상이다. 모기, 파리, 나방, 벌, 개미…….
먹지도 않으면서 너무 많이 죽여야 한다.

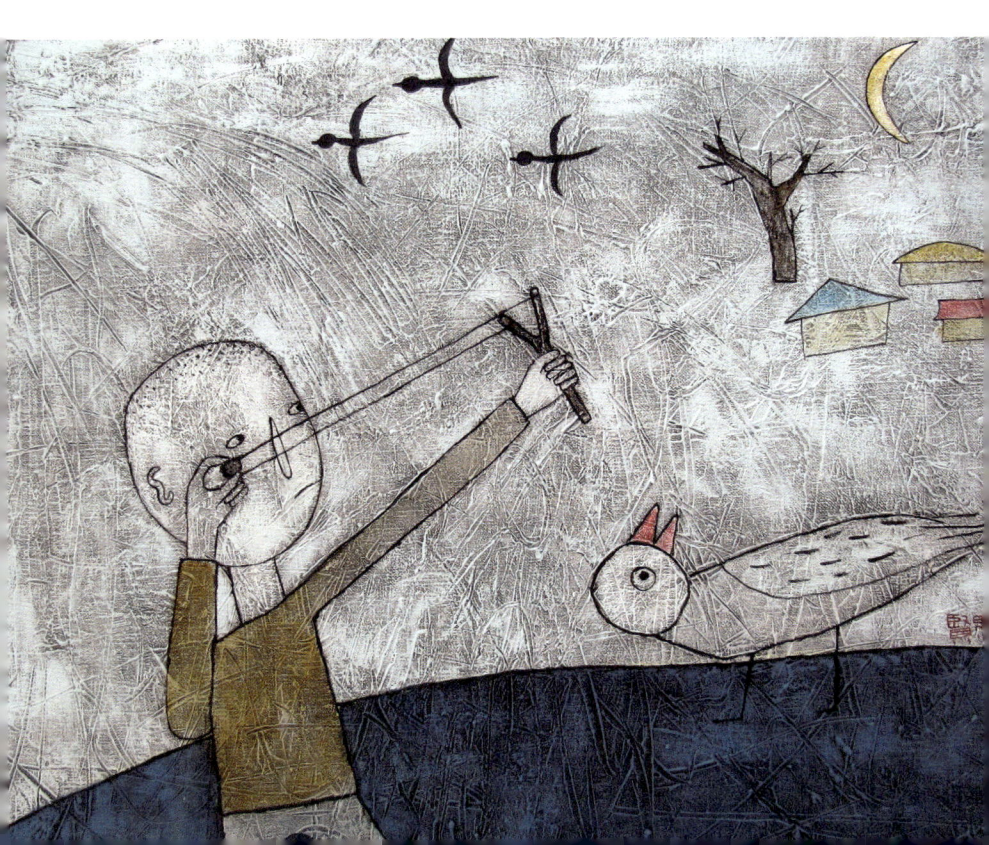

11월 11일

비바람이 거세게 몰아치고 있다. 지붕을 날려버릴 것 같은 기세다. 밖은 깜깜하다. 친구의 전화기는 꺼져 있다. 문득 뼈가 시렸다. 마지막 술병을 땄다. 살아온 날들은 기적이다. 기적을 바라며 살기엔 너무 늦었다. 긍정과 열망은 바닥난 지 오래다. 권태만 남았다.

영화 〈스카페이스Scarface〉의 알 파치노Al Pacino처럼 코카인에 코를 박고 죽고 싶다.

종말

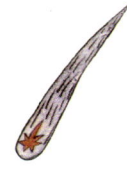

기원전 3114년에 시작해 기원후 2012년 12월 21에 끝난다는 마야력. 오늘이 2012년 12월 21일이다.

종말론자들이 주장한 지구 종말의 날이 바로 오늘이다.

하루 종일 외출도 안 하고 종말을 기다렸다. 아직 아무런 징후도 없다. 날만 좀 흐렸을 뿐이다. 그냥 지나가려나보다.

지구 종말이 온다면 우리는 어떻게 해야 하는가?

"내일 지구의 종말이 오더라도 나는 내일 한 그루의 사과나무를 심겠다."

스피노자의 말은 지금도 유효할까? 사과나무를 심는 것보다 사과나무 장사를 하는 게 자본주의 시대에 맞는 방법이 아닐까? 이 시대에 걸맞은 노아의 방주도 만들어야 하리라. 베르나르 베르베르 Bernard Werber 의 소설에 등장하는 우주선 '파피용'은 지구 종말 직전 지구 난민을 태우고 다른 별을 찾아가는 이민선이다.

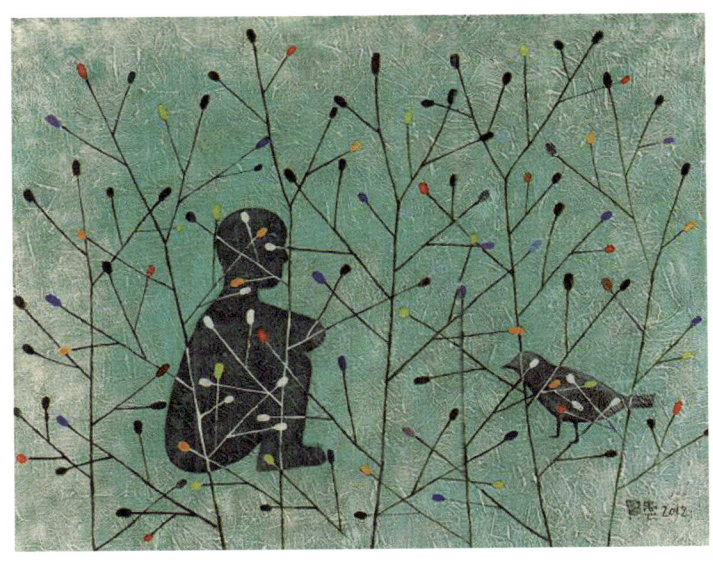

박민규의 소설 『끝까지 이럴래』에선 내일 지구의 종말이 오더라도 일상에서 벗어날 수 없는, 층간 소음 때문에 다투는 두 남자가 등장한다. 지구 종말을 하루 앞두고 화해한 두 사람은 독주를 마신다. 오늘 같은 날, 그나마 끝까지 이성을 잃지 않고 있는 인간들이 얼마나 되겠냐며 서로를 위로한다. 인간이 재앙 앞에서 얼마나 무력한 존재인가를 시니컬하게 들려준다.

그동안 등졌던 사람이나 불러내 화해주나 다셔야겠다.

원천리에서 만난
헨리 데이빗 소로우

화천 원천리 강 건너 산골에서 헨리 소로우처럼 사는 노인을 만났다. 배를 타야 갈 수 있는 곳이다. 노인에겐 나룻배가 있었다. 소설 쓰는 L의 외가가 있던 골짜기다. 골짜기엔 그의 명의로 돼 있는 땅이 있었고, 그곳에다 움막 하나 지어보자고 해서 그를 쫓아갔던 길이다.

노인은 손수 지은 오두막에서 개 세 마리와 살고 있었다. 귀가 어둡긴 했지만 노인의 표정은 어린아이처럼 해맑았다. 우리는 그의 오두막을 신기해하며 이곳저곳을 구경했다. 낮은 천정의 구들방은 선방처럼 정갈했다. 멧돼지의 접근을 막기 위해 쳐놓은 나무 울타리가 정겹다. 얼마 만에 보는 나무 울타리와 사립문인가? 전기가 없는 그의 오두막에서 발견할 수 있는 문명이라곤 작은 라디오와 부탄가스 버너, 배터리에 연결한 아주 작은 램프가 전부였다. 램프에 관심을 보이자 그가 자랑스럽게 말했다.

"저게 겉으론 우스워 보여도 두 개만 켜면 고스톱도 칠 수 있어."

방 안에 단 한 권의 책도 없는 걸로 보아 그는 결코 헨리 소로우의 『월든』을 읽지 않았을 것이다. 한데 왜 나는 자꾸 노인과 헨리 소로우가 오버랩되는 걸까? 지금까지 내가 읽은 모든 책들을 태워버리고 싶었다.

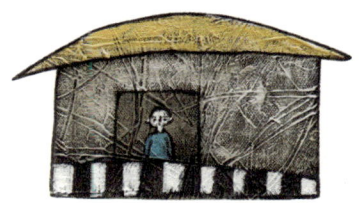

친구

『시와소금』여름 호에 내가 시인이며 가수라고 소개됐다. 편집자의 오류다. 나는 가수가 아니다. 통기타 치며 노래 부르기를 좋아해 가끔 관객을 앉혀놓고 노래를 할 때도 있긴 하다. 주로 문인들 행사 때다. 그리고 뒤풀이 자리다. 내가 무대에서 노래하는 것을 들은 사람들은 나를 삼류 통기타 가수로 볼 수도 있을 것이다. 어쨌거나 나는 가수가 아니다. 나는 글을 쓰고 그림을 그리는 사람이다. 아직은 그림으로 생기는 수입이 크다. 화가라고 해야 맞을 것같다. 나의 이런 예술 편력 때문에 특히 선배들로부터 한 가지만 하라는 충고를 많이 듣는다. 하지만 어쩌겠는가? 그래도 생은 지루한 것을…….

나는 음악이 예술 장르 중에서 가장 우월하다고 생각한다. 내게 음악적 재능이 눈곱만치라도 있었다면 나는 음악을 했을 것이다. 그래서 지금도 통기타 노래 부르기가 내 취미다.

김민기의 〈친구〉는 내가 기타를 치며 불러본 최초의 곡이었다. 1980년대 초반 나는 제대를 했고 전국의 음악감상실을 떠돌았다. 김천의 음악감상실에서 내게 기타와 노래를 가르쳐준 여자는 동료 디제이였다. 늦깎이로 보건 전문학교를 다니는 알바 디제이였지만, 나보다 경력도 실력도 앞서는 베테랑이었다. 여자는 존 바에즈Joan Baez를 닮았고, 왼쪽 팔목엔 동맥을 그은 흔적이 있었다. 졸업하면 소록도로 간다고 했다. 덤으로 사는 생, 봉사하며 살고 싶다는 것이었다. 술도 나보다 잘 마셨다. 술은 실핏줄까지 촉촉이 젖도록 마셔야 한다며 밤새 술을 마시기도 했다. 아름답고 지적이고 염세적인 여자였다.

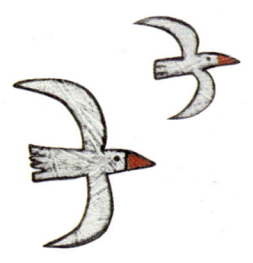

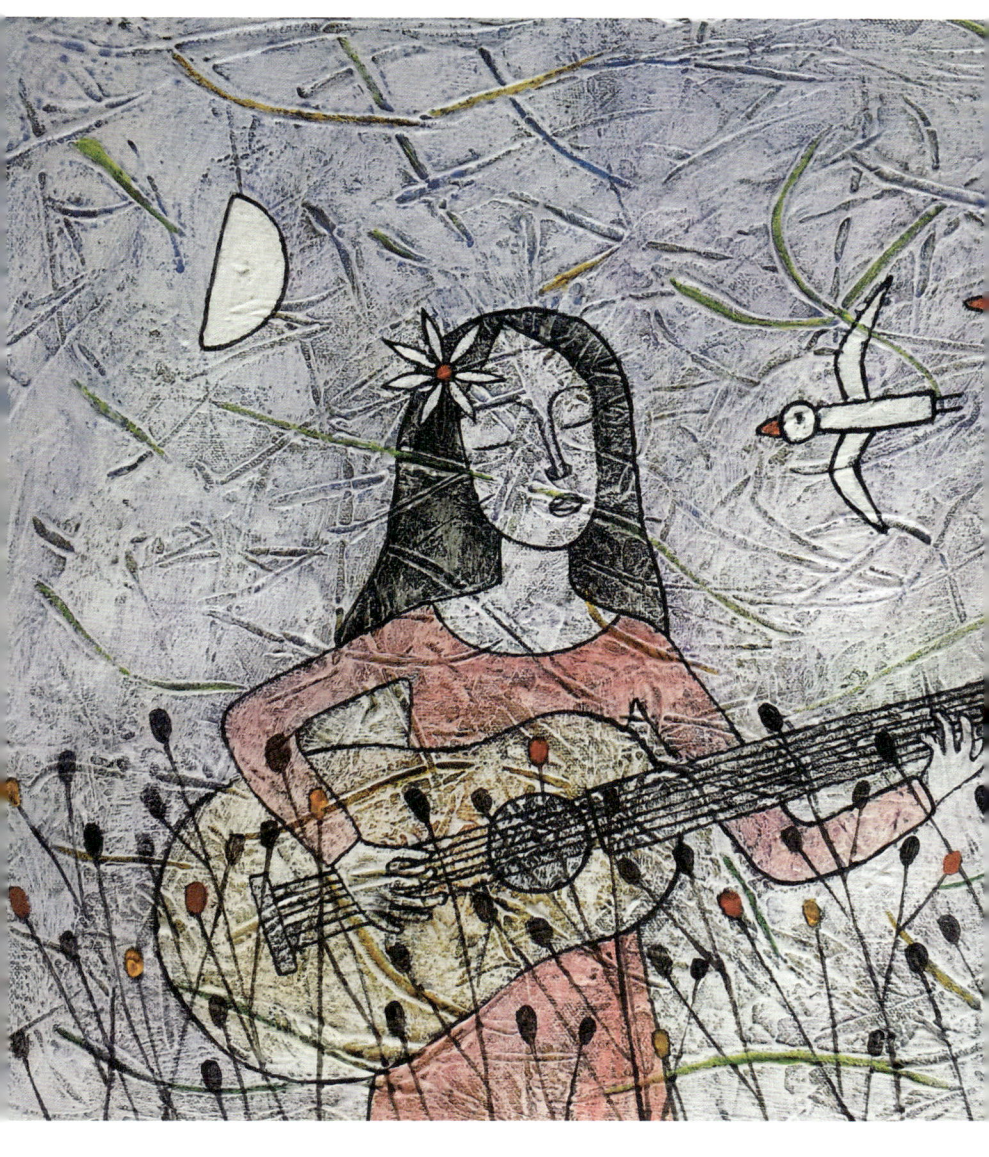

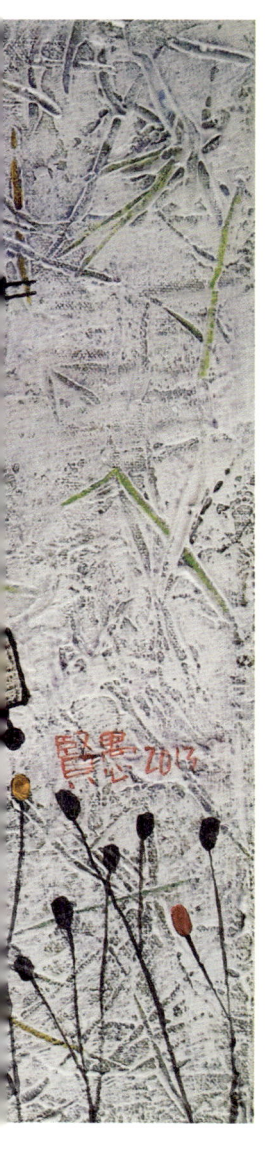

검푸른 바닷가에 비가 내리면
어디가 하늘이고 어디가 물이요
그 깊은 바다 속에 고요히 잠기면
무엇이 산 것이고 무엇이 죽었소

눈앞에 떠오르는 친구의 모습
흩날리는 꽃잎 위에 어른거리오
저 멀리 들리는 친구의 음성
달리는 기차바퀴가 대답하려나

눈앞에 보이는 수많은 모습들
그 모두 진정이라 우겨 말하면
어느 누구 하나가 홀로 일어나
아니라고 말할 사람 누가 있겠소

눈앞에 떠오르는 친구의 모습
흩날리는 꽃잎 위어 어른거리오
저 멀리 들리는 친구의 음성
달리는 기차바퀴가 대답하려나

특별히 어떤 저항도 스토리도 알레고리도 시적 장치도 없는 어눌한 문장의 가사다. 그런데 뭔가 있다. 슬프고 허무하고 종래 비장해지는 감정의 파노라마, 김민기의 시를 읊는 듯 부르는 노래는 소시민의 자의식을 깨우는 죽비였다.

히피를 꿈꾸며 음악으로 망명한 내게 조국은 없었다. 게다가 나는 대학을 다니지 못했다. 나는 마르크스를 읽지 않았고 데모에 참여하지 않았다. 학생들이 군부 독재를 향해 돌을 던질 때 나는 마리화나를 피우고 밥 딜런을 들었다. 그러던 시절이었다.

김민기는 당시 저항 음악의 아이콘이었다. 미국에 밥 딜런이 있다면 한국엔 김민기가 있다. 김민기는 서울 미대 회화과를 나왔다. 하지만 그는 한 점의 그림도 세상에 내놓지 않았다. 졸업 작품전에 걸렸던 작품이 자신의 호적초본 사본이었다는 소문이 있을 뿐이다. 그는 태생적 음유시인이었다. 시대를 외면하지 않은 지성이었다. 1986년 문화 평론가 김창남은 김민기의 악보집 서문에서 그를 이렇게 말하고 있었다.

가끔 그는 열렬한 운동가적 이미지로 받아들여지며 어떤 때는 나약한 회색적 지식인쯤으로 폄하되기도 한다. 그런가 하면 그는 대학가에서의 유명세 때문인지 가십거리를 찾아다니는 대중잡지에 의해 엉뚱한 우상으로 둔갑하기도 한다. 결론부터 말한다면 그는 열렬한 운동가도 나약한 회색분자도 대중잡지적 우상도 아니다. 그는 그저 그가 처해 있는 시간과 공간 속에서 가능한 한 열심히 살면서 진실과 만나려고 노력하는 평범한 생활인일 뿐이다.

김민기는 민주화 이후 연극 연출가로 활동하고 있다. 그가 번안하고 연출한 극단 학전의 록뮤지컬 〈지하철 1호선〉은 1994년 5월 초연 이후 끊임없는 수정과 보완을 거치며 2003년까지 만 9년 동안, 1,744회 공연을 했고 38만여 명이 관람한 한국 록뮤지컬의 대표작이 되었다. 〈친구〉는 1971년 발표한 김민기의 유일한 정규 앨범에 타이틀곡으로 수록된 노래다. 출구가 보이지 않던 내 젊은 날의 데카당스를 비켜서서 시대를 보게 했던 노래였다. 〈친구〉는 김남주보다도 김지하보다도 더 나를 자극했던 시였다. 홀로 일어나 아니라고 말하고 싶은 날들이었다.

여자는 정말 소록도로 갔을까? 김천에서 헤어진 후 나는 여자의 소식을 듣지 못했다. 소록도에 가고 싶다.

『감옥으로부터의 사색』을 읽으며

하루 종일 비가 내렸다. 비는 감옥의 쇠창살처럼 완강하다. 비가 만든 감옥에 갇혀 책을 읽는다. 신영복의 『감옥으로부터의 사색』이다. 진작 읽었어야 하는 책이었다. 꼭 읽어야 하는 책을 읽지 못할 때 생기는 부채 의식은 쉽게 떨쳐버릴 수 없다. 책뿐만이 아닐 것이다. 영화도 그렇고 음악도 그렇고……. 빚을 갚는 기분으로 책을 펼쳐들었다.

『감옥으로부터의 사색』은 신영복 선생이 20년 동안 옥살이를 하며 가족들에게 보낸 옥중서간이다. 편지글이라 두서없이 넘기며 읽어도 무방한 책이다. 1985년 8월에 쓴 편지의 한 대목을 읽어보자.

없는 사람이 살기는 겨울보다 여름이 낫다고 하지만 교도소의 우리들은 없이 살기는 더합니다만 차라리 겨울을 택합니다. 왜냐하면 여름 징역의 열 가지 스무 가지 장점을 일시에 무색케

해버리는 결정적인 사실, 여름 징역은 자기의 바로 옆 사람을 증오하게 한다는 사실 때문입니다. 모로 누워 칼잠을 자야 하는 좁은 잠자리는 옆 사람을 단지 삼십칠 도의 열 덩어리로만 느끼게 합니다. 이것은 옆 사람의 체온으로 추위를 이겨나가는 겨울철의 원시적 우정과는 극명한 대조를 이루는 형벌 중의 형벌입니다.

짧지만 징역을 살아본 경험이 있는 나는, 옆 사람을 증오해본 적이 있는 나는 가슴이 미어질 수밖에 없었다.
그는 단지 지배 세력과 생각이 다르다는 이유로 20년이나 옥살이를 한 것이다. 물론 같은 이유로 죽임을 당한 사람도 있다. 김선명이라는 비전향 장기수는 무려 45년을 감옥에서 살았다. 세계 최장기수다. 역시 생각이 다르다는 이유에서였다. 권력을 유지하려 할 때 드러나는 인간의 야만은 얼마나 끔찍한 것인가. 책을 읽는 내내 나는 나의 안일한 일상과 소시민적 삶이 부끄러웠다. 나 같으면 일 년만 가두어놓아도 아니 한 달만 가두어놓아도 동지를 배신하고 신념을 팽개쳤을지 모른다.

신영복은 육군사관학교 교관으로 활동하던 1968년 통일혁명당 사건으로 구속되었고 무기징역을 선고받았다. 20년 20일을 복역하던

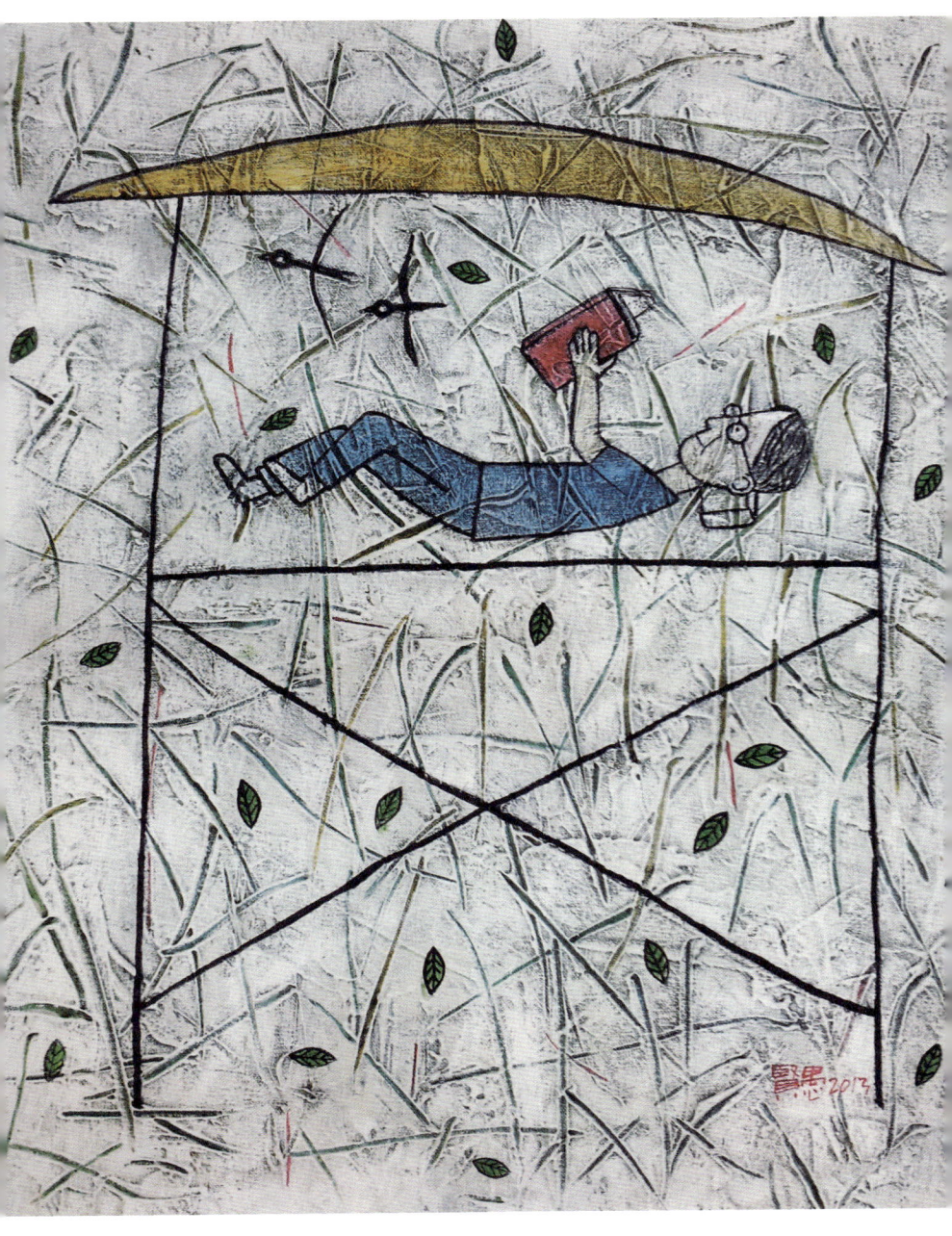

그는 1988년 8월 15일 특별 가석방으로 출소했다. 그 뒤 10년이 지난 1998년 사면 복권되어 성공회대학교 교수로 정식 임명되었다. 2006년 퇴임한 뒤에는 석좌교수로 학생들을 가르치며 저술 활동을 하고 있다. 그는 학자이며 예술가이고, 진보지식인을 넘어 한 시대의 정신으로 사회의 그늘을 밝히고 있다.

내 작업실 다탁엔 그의 시화 〈처음처럼〉이 인쇄된 상보가 깔려 있다.

처음으로 하늘을 만나는
어린 새처럼 처음으로 땅을 밟고
일어서는 새싹처럼 우리는
하루가 저무는 저녁 무렵에도
아침처럼 새봄처럼
처음처럼 다시
새날을 시작하고 있다

아이러니지만 신영복 선생이 일반 대중에게 회자된 것은 소주 '처음처럼' 때문이었다. 그의 시 '처음처럼'을 소주 이름으로 삼고 선생의 글씨를 로고로 쓴 것이다. 이것을 두고도 말이 많다. 어떤 보수단체는 '처음처럼' 불매운동을 하기도 했다. 빨갱이가 로고를 써준 '처음처럼'을 마셔선 안 된다는 것이었다. 실소를 금할 수 없는 우리의 현실이다. 좌우가 서로를 존중하고 균형을 이루는 사회는 아직 요원한 것인가?

책을 덮고 '처음처럼' 한잔 해야겠다. 죄인이 먼저 생긴 건지 감옥이 먼저 생긴 건지 생각해봐야겠다. 분명한 건 국가가 먼저 생겼다는 사실이다.

지구온난화

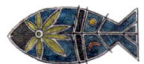

아직 봄인데, 수은주는 30도를 오르내리며 삼복더위를 방불케 하고 있다. 전국 곳곳에서 기상관측 이래 5월 최고 온도란다. 지구온난화를 실감케 한다. 지구온난화로 인한 빙하의 소실은 당초 21세기 말이나 22세기 초에 일어날 것으로 예상되었다. 하지만 학자들은 북극의 빙하는 녹는 속도가 점점 빨라져 2013년 여름쯤이면 거의 소실될 것으로 예상하며 남극의 빙하드 2050년쯤이면 바닥을 들어낼 것이라고 주장한다.

빙하가 녹으면 해수면이 상승한다. 해수면은 20세기에 19센티미터 상승했고 21세기 말엔 1.5미터 상승할 것으로 예측되고 있다. 해수면이 1미터 상승하면 런던, 뉴욕, 도쿄와 같은 세계 주요 도시를 포함한 광대한 지역이 물에 잠기게 된단다. 이로 인해 생기는 대량의 난민과 생태계 교란은 대 재앙을 불러올 것이다.

지구온난화는 인류 파멸의 주요 원인으로 꼽히고 있다. 지구온난화를 막는 방법은 이산화탄소 배출을 줄이고 녹지를 늘리는 일이다. 내일 지구의 종말이 온다 하더라도 나는 오늘 한 그루의 나무를 심겠다고 말한 스피노자는 지구온난화를 예지한 것 같다. 더욱 우려되는 사실은 우리나라의 온난화 속도가 다른 나라에 비해 월등히 빠르다는 점이다. 살 만큼 산 기성세대들이야 죽으면 그만이겠지만 우리 후손은 어떡하란 말인가?

지구를 하나의 생명체로 본다면 인간은 지구를 괴롭히는 유일한 유해동물이다. 지구상의 어떤 생명체도 지구의 피부를 인간처럼 마구 벗겨내지 않는다. '인간에게 자연은 필수지만 자연에게 인간은 선택이다'.

지구온난화를 막기 위해 개인이 할 수 있는 일은 사소하다. 자동차 운행을 줄이고 걷거나 자전거를 타야 한다. 석유화학 제품 사용을 줄여야 한다. 전기도 아끼고 물도 아껴야 한다. 나무를 심어야 한다. 최대한 소비를 줄이고 자급자족하고 물물교환하는, 자본주의에 반하는 행동을 해야 하는 것이다. 쉬운 일이 아니다. 결국 지구온난화의 주범은 자본주의인 것이다.

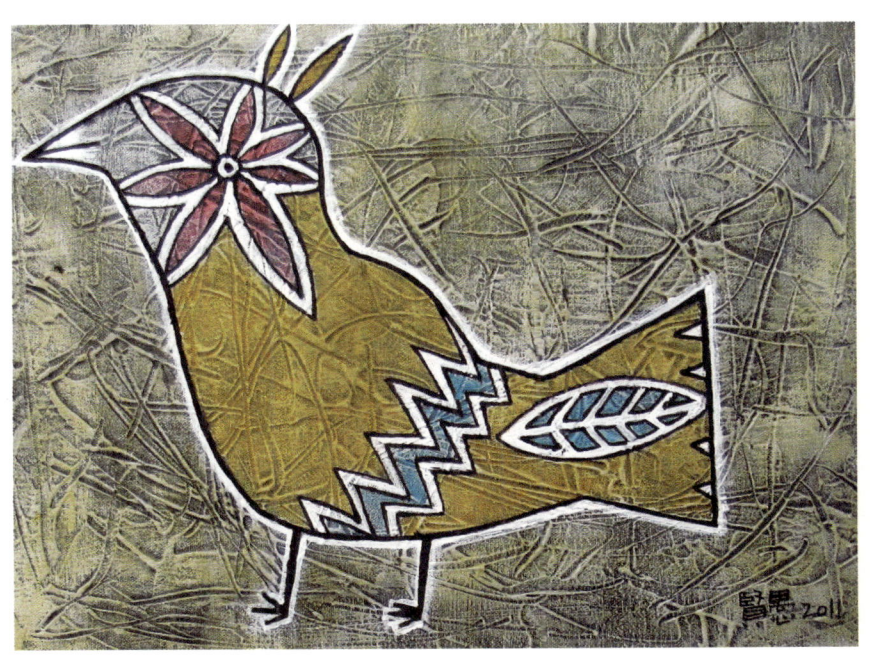

산업혁명 이전으로 문명을 되돌릴 수는 없겠지만 삶의 방식은 바꿀 수 있다. 노르베리 호지의 『오래된 미래』는 대안임에 틀림없다. 아 덥다. 의식이 혼미해진다. 빨래비누로 머리 감고 정신 차려야겠다.

대통령

표를 달라는 대통령 후보의 휴대폰 문자가 쉬지 않고 날아드는 오후다. 답장을 보내지 않았다. 휴대폰을 꺼버릴까 생각하다가 그냥 놔두기로 한다. 나도 한번 나가볼 걸 하는 생각이 문득 들었다. 공탁금만 있으면 나도 출마할 수 있다. 까짓 몇 억 도박으로 날린 셈 치고 나가서 되는대로 한번 지껄여보는 것이다.

"내가 대통령이 되면 먼저 화폐개혁을 하겠다. 돈을 모두 걷어 모든 국민에게 똑같이 나눠주고 다시 시작하겠다. 대마초를 합법화하겠다. 문신, 동성애, 매춘도 합법화하겠다. 결혼 제도는 중앙아시아식 일처다부제로 하겠다. 네덜란드처럼 금지를 최대한 금지하겠다."

평생 불경기인 나 같은 놈에겐 누가 당선되든 상관없을지 모른다. 어차피 불경기일 터이니까. 하지만 기분 문제다. 나는 5년이나 기

분이 나빴다. 지성을 갖춘 대통령을 보고 싶다. 대통령 후보가 책을
얼마나 읽었는지에 관한 정보는 왜 없는 걸까? 어떤 시를 좋아하는
지 어떤 음악을 좋아하는지…… 대통령이 좀 지적으로 보이기만
해도 좋겠다. 적어도 국민 노릇 하는 게 너무 자존심 상해 이민을
가고 싶다는 생각을 품게 하는 대통령은 더 이상 나오지 말아야 할
것이다. 2012년이 저물고 있다.

라디오에선 부모를 모시는 마지막 세대이고 자식에게 버림받는 첫
세대, 베이비부머들이 사회문제라는 뉴스가 흘러나오고 있다. 어
느새 내가 사회문제가 된 것이다. 자발적 고려장을 곰곰 생각했다.
최소한의 품위는 지키며 죽고 싶다. 늘 돈이 문제다.

죽을 때까지 자본주의의 숙취에서 깨어날 수 없을 것 같은 한겨울
의 오후다.

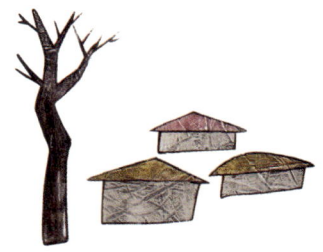

크리스티아나 공동체와
미군 부대

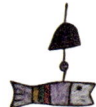

춘천에 있는 미군 부대 캠프 페이지의 이전 소식을 듣고 나는 코펜하겐에 있는 히피공동체 크리스티아나 해방구를 생각했다.

크리스티아나 공동체는 1971년에 태동했다. 히피들이 10만 평의 빈 병영을 무단으로 점거ᵏ하면서 시작된 공동체다. 곧이어 아나키즘 성향의 예술가들이 가세하면서 완성된 대안 사회다. 크리스티아나는 어떤 구속도 거부하며 자율과 양심만으로 살 수 있는, 인간의 이상향을 실현하고 있다. 인류학자들의 관심은 물론이고 울창한 숲과 맑은 호수, 친환경적이고 반문명적인 생활방식과 다양한 장르의 예술, 이상향에 대한 동경 같은 것이 합세해 매일 만 명 이상의 관광객을 불러들이고 있다. 또 하나 흥미로운 것은 공동체가 마리화나를 적극 허용한다는 것이다. 그 때문인지 아직까지 크리스티아나에선 어떤 범죄도 일어나지 않았다고 한다.

천여 명의 크리스티아나 사람들은 곳곳에서 주워 온 폐자재를 재활용해 집을 짓는다. 화장실도 재래식이다. 성장을 위해 소비를 부추기는 자본주의와는 적당한 높이의 담을 쌓고 살고 있는 것이다. 완전한 자유는 크리스티아나의 이념이지만 자율적 금기도 있다. 총과 폭력, 자동차와 하드 드럭강성 마약이다.

크리스티아나의 최고 의사결정기구는 천여 명의 주민 모두가 참여하는 공회이며 덴마크 정부나 코펜하겐 시의 통제를 받지 않는다. 세금도 내지 않는다. 단지 크리스티아나의 법적 소유주인 국방부에 1인당 880크로네11만 5천 원 정도의 월세를 낼 뿐이다.

2004년 9월 나는 후배 둘과 크리스티아나에 갔다. 우리를 가장 먼저 반긴 건 중년의 거리악사였다. 통기타를 치며 〈유브 갓어 프렌드You'v got a friend〉를 부르고 있었다. 번화가인 푸셔 거리에선 티베트 난민들이 마리화나를 팔고 있었다. 어떤 레스토랑의 주인은 오디오를 주방에만 설치해놓고 영업을 하고 있었다. 노천 카페의 웨이터는 내가 앉은 나무 의자의 한 귀퉁이에 발을 올려놓고 주문을 받았다. 조금도 이상하지 않았다.

달라이 라마 기념관이 있었고 초르텐*에 절을 하는 백인도 있었다. 곳곳에서 음악이 흘러 나왔고 히피들은 마리화나를 피우며 장사를 하고 명상을 하고 노래를 부르고 그림을 그렸다.

어떤 알 수 없는 평화로운 기운이 느껴졌다. 공동체 담장엔 간디와 체 게바라와 밥 말리가 그려져 있었다. 크리스티아나의 정신과 사상을 엿볼 수 있는 인물들이었다.

법 없이 사는 크리스티아나 사람들은 공동체 안팎에서 다양한 경제활동을 한다. 전업 작가도 있지만 많은 사람들이 대장간이나 목공소, 공연장 같은 공동 작업장에서 일한다. 전문직을 갖고 외부 일을 하는 사람들도 있다. 거리엔 영화관, 미술관, 금속공예공방, 철물점, 채식 식당 등 다양한 시설이 예술적인 분위기를 자아내며 방문객을 반긴다. 크리스티아나에서 생산하는 자전거는 명품으로 인정받고 있다. 크리스티아나 라디오 방송국은 공동체의 이상과 월드뮤직을 코펜하겐 시 일대에 송출한다.

스콧squat은 비어 있는 공공시설을 무단 점거해 예술 공간으로 바꾸는 문화운동이다. 미군이 철수한 미군 부대를 스콧해 크리스티아나 같은 공동체를 건설하고 싶다는 과대망상을 버릴 수가 없다.

*
티베트 양식의 독특한 불탑

축구

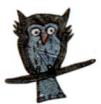

축구 한일전을 봤다. 다행히 이겼다. 졌더라면 많은 국민이 멘붕에 시달렸을 것이다. 대한민국은 유독 스포츠에 열광하는 나라다. 특히 축구에 보이는 반응은 광적이다. 대리전쟁이라고 생각하는 것 같다. 서울 월드컵 때 보여줬던 붉은 악마의 거리 응원은 섬뜩했다. 집단 광기였다.

아직 이 나라는 전체주의, 국가주의에서 한 발짝도 벗어나지 못하고 있다. 국가의 이익보다는 개인의 행복이 우선이라고 말해선 안 되는 나라다.

승자와 패자가 있는 스포츠는 절대 축제가 될 수 없다.

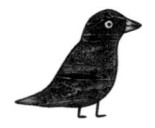

제3장

———

그리운 것들은 언제나 저편에

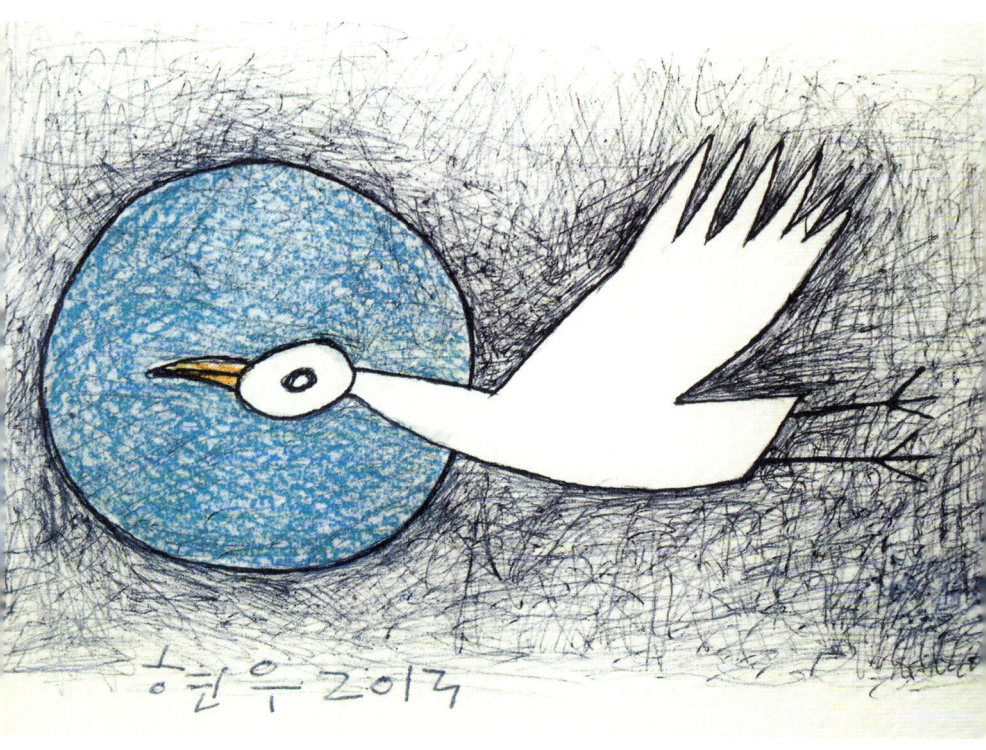

눈을 쓸어야겠다

12년 전 어느 겨울날 내가 푸른 운동화를 신고 있었다는, 오래 소식이 끊겼던 여자가 페이스북에 메시지를 남겼다. 밖엔 눈이 내리고 있었다. 눈은 12년 전부터 내리고 있었다. 하지만 나는 기억상실증에 걸려 밖에 나가지 않았다.

마당에 나가 눈을 쓸어야겠다.

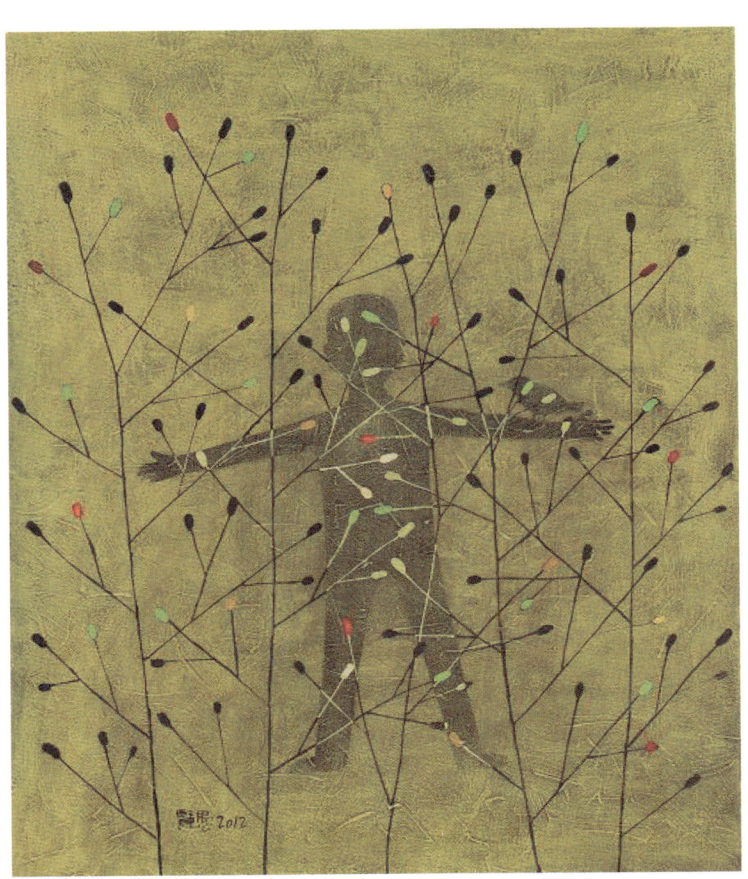

물푸레

오후 내내 마당에서 물푸레나무 껍질을 벗겼다. 등^燈을 만들려고 겨울에 잘라다놓은 물푸레나무 가지다. 바싹 마른 물푸레나무 껍질이 봄바람에 꽃잎처럼 날리고 있다.

물푸레, 물에 담그면 물이 파래진다고 물푸레란다. 도끼자루나 도리깨로 쓰는 단단한 나무지만 살아 있을 댄 인도의 요기처럼 유연하다. 몸을 자유자재로 구부려 어떤 장애물도 피해 간다.

물푸레나무를 닮고 싶다. 부드럽고 단단한 그림을 그리고 싶고, 부드럽고 단단한 연애를 하고 싶고, 부드럽고 단단한 잠을 자고 싶고, 부드럽고 단단한 꿈을 꾸고 싶다.

등불

눈 덮인 들판 끝에서 등불이 튤립처럼 돋아나고 있었다. 노인들이 망각의 화투 패를 들고 하나둘 마을회관으로 모여들었다. 나는 오늘도 고향의 겨울 저녁을 이방인처럼 지나가고 있었다. 그리운 것들은 언제나 멀리서 등불처럼 돋아나고 있었다.

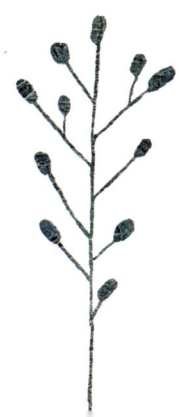

날계란 백반

일등병 시절 휴가 간 고참 땜빵으로 비오큐BOQ 취사병 노릇을 한 적
이 있다. 그때 내가 가장 잘했던 요리가 날계란 백반이다. 금방 지
은 흰쌀밥에 날계란을 넣고 왜간장과 참기름을 넣고 비비는 초 간
단 요리다. 나는 매일 장교들에게 날계란 백반을 먹였다. 젊은 장
교들은 날계란 백반을 좋아했다. 그러나 일주일쯤 지나자 볼멘소
리가 들리기 시작했다. 조금 지나면 식판이 닭처럼 날아다닐 것 같
은 분위기였다. 하지만 나는 날계란 백반을 거를 수 없었다. 내가
그 당시 할 수 있는 요리는 배춧국과 김치볶음밥과 날계란 백반뿐
이었으니까.

다행히 식판이 날개를 달기 전에 고참은 돌아왔다. 훈련이 너무 끔
찍해 무모한 짓을 했던 것이다. 행불행이 극명했던 시절이었다. 취
침하면 행복했고 기상하면 불행했다. 취침 나팔소리는 지상에서
가장 아름다운 음악이었다.
오랜만에, 정말 한 세기 만에 날계란 백반을 먹었다.

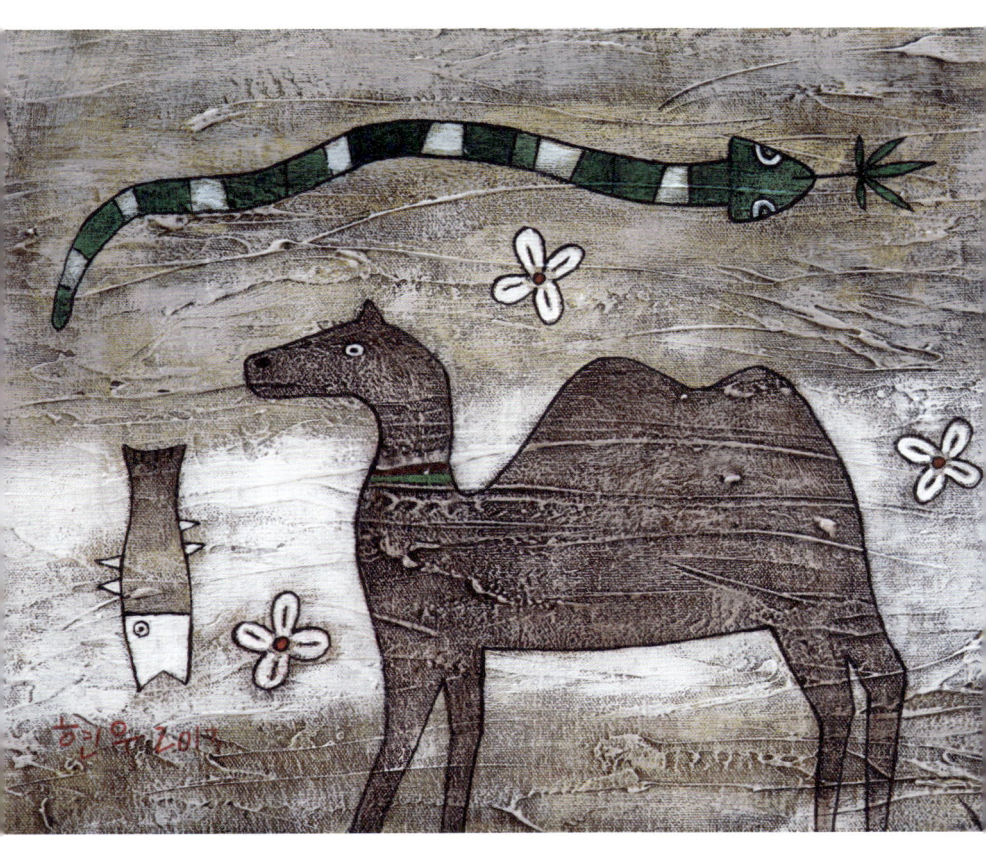

겨울 낙타

지독한 겨울이다. 겨우내 춥고, 겨우내 눈이 내린다. 지루하다. 생이 지루하고 눈이 지루하다. 차라리 사막이 낫겠다. 봄이 되면 고비나 타클라마칸 사막으로 떠나리라. 사막에서 무정부주의를 실현하리라. 그곳에서 미래의 애인을 기다려보리라.

새벽에 방울 소리가 들렸다. 문밖에 낙타가 와 있었다. 마침내 떠나야 할 시간이다. 배낭 하나에 내 지나온 생을 모두 꾸려야 한다. 라이터와 칼, 물병, 침낭, 담배……. 추억이나 그리움 같은 것은 빼기로 했다.

휴대폰을 어떻게 해야 할까 고민하다 꿈을 깼다. 새벽이다. 바람벽속에서 낙타가 울고 있다.

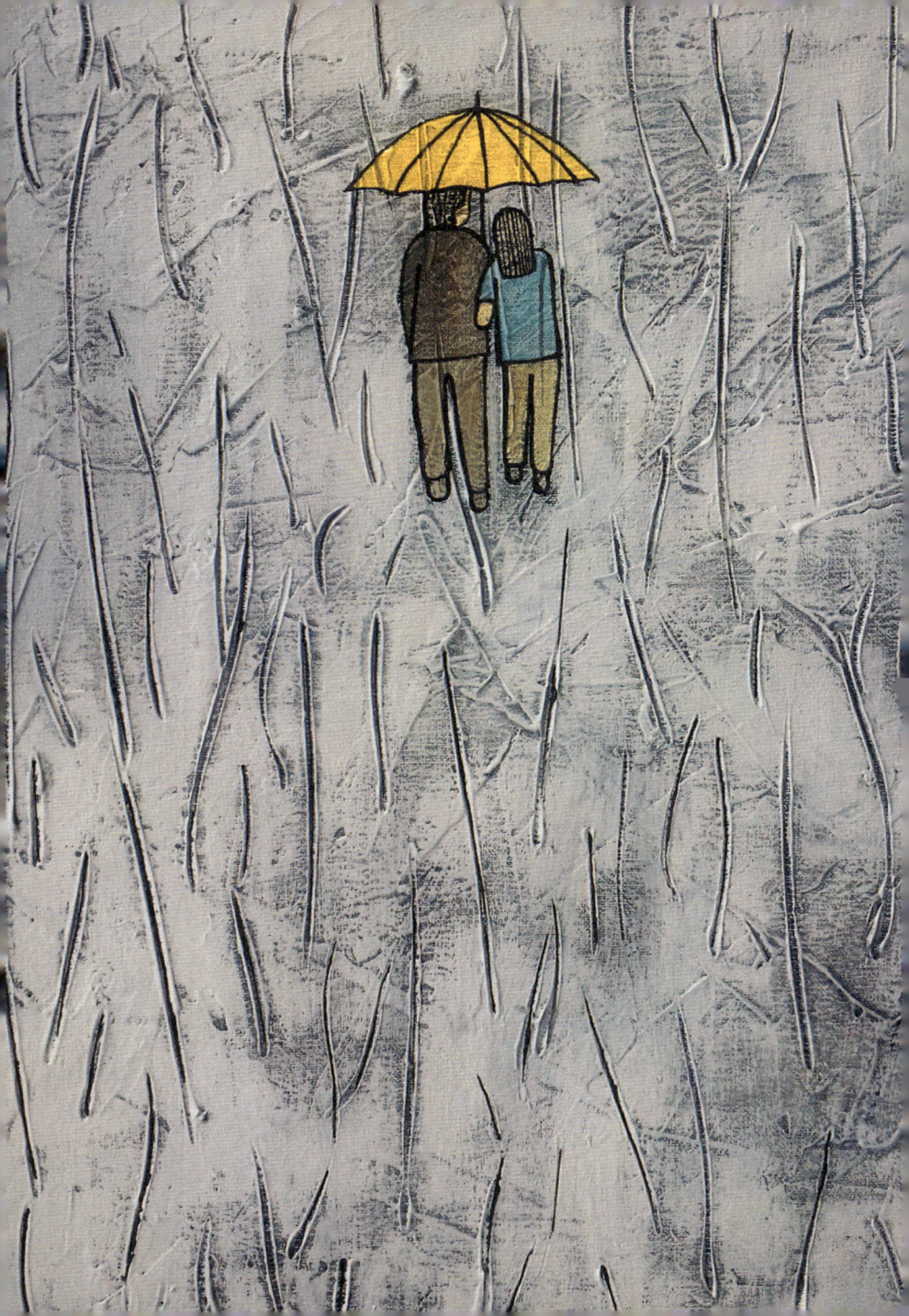

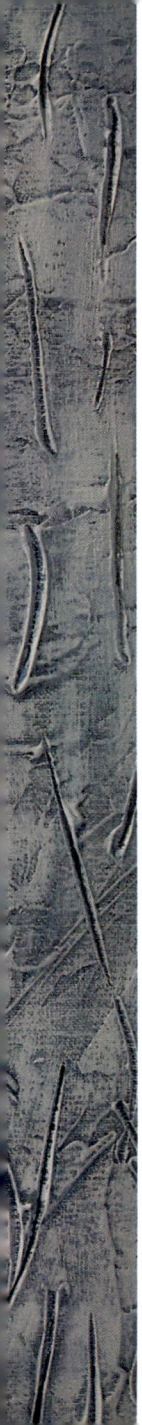

첫사랑

날개를 달고 싶었지만 여자가 먼저 떠났다. 첫사랑이었다. 여자가 떠난 자리에 나무처럼 나는 문득 서 있다. 계절이 바뀔 때였다. 누군가는 떠나고 누군가는 돌아왔지만 또 누군가는 죽고 누군가는 기억을 잃었지만 사랑은 돌아오지 않았다. 풍문도 없이 또 봄이 왔다. 어떤 기억은 나이를 먹을수록 선명해진다. 가을 햇살이 으스스하다. 청춘의 어느 가을날처럼 며칠 앓아야겠다.

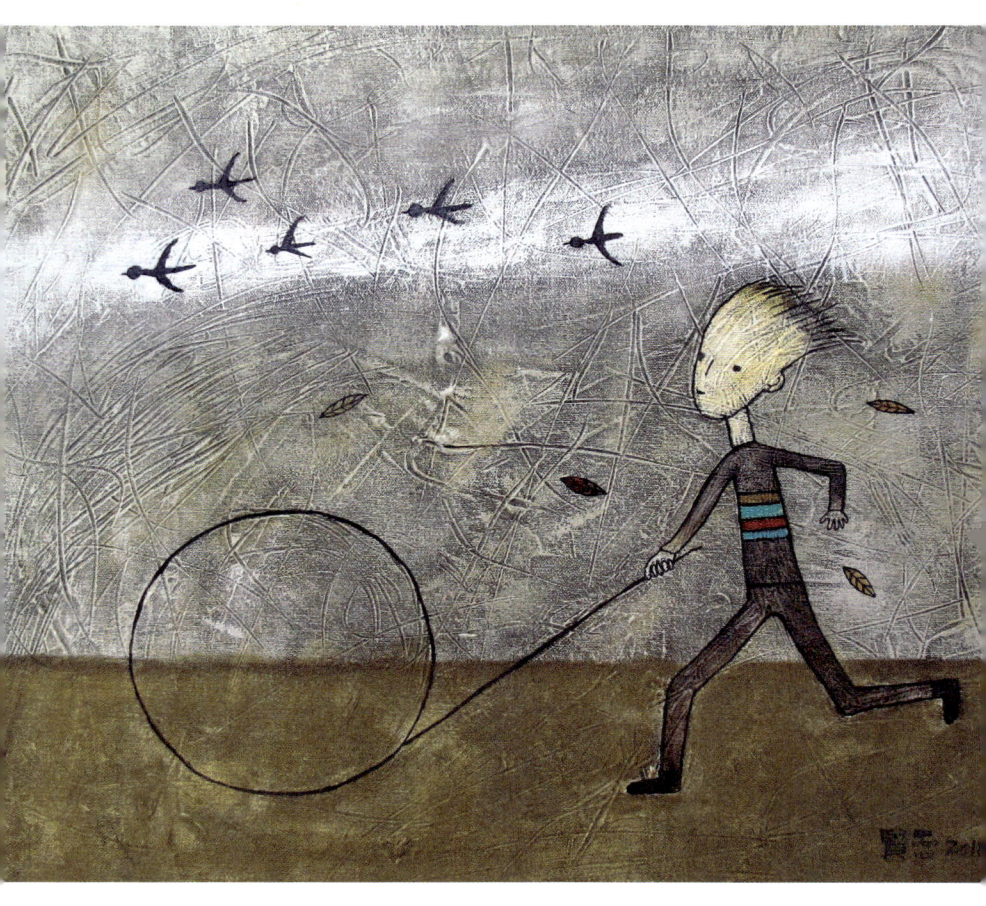

굴렁쇠

굴렁쇠를 굴리던 어린 시절이 있었다.

달밤에 굴렁쇠를 굴리면 혼자 세상에 버려진 것 같아 좋았다.

마을의 개 짖는 소리는 멀어지고 신작로가 공중으로 떠오르곤 했다.

지금도 혼자 버려진 신작로를 보면 굴렁쇠를 굴리고 싶다.

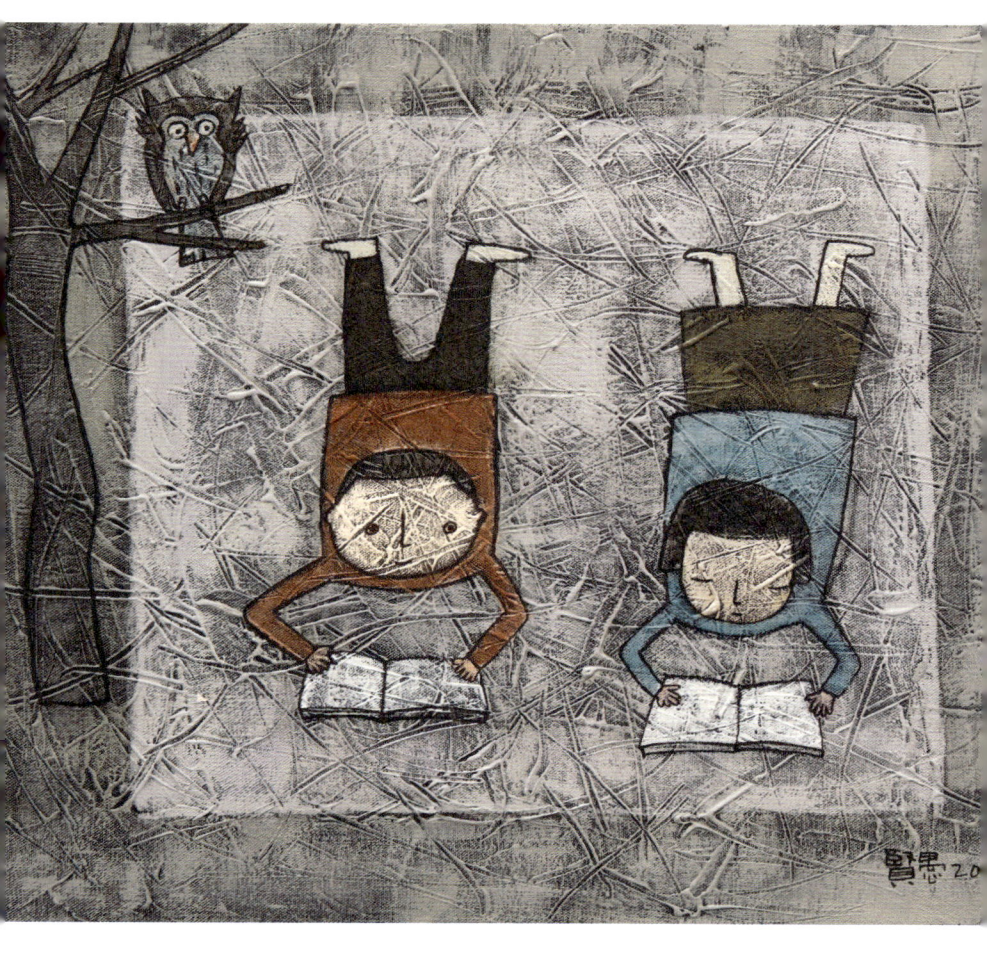

엄마야 누나야
강변 살자

그해 겨울에도 아버지는 눈보라에 흐려지는 손풍금 소리를 접어놓고 어디론가 떠났다. 어머니는 물동이에 가득 담긴 전쟁의 기억을 한 바가지씩 시루에 뿌리며 콩나물을 길렀다. 누이는 메주덩이에 박혀 있는 딱딱한 꿈의 알갱이들을 떼어 먹으며 형이 구해다준 만화책을 읽었다. 쥐들이 호야 불빛을 농짝 뒤로 물어 나르고 어머니의 삯바느질도 끝이 날 무렵 〈엄마야 누나야 강변 살자〉, 형이 들려주는 손풍금 소리를 들으며 누이는 잠이 들곤 했다.

내 유년의 강물

뽕나무 밭에 책가방을 던져놓고 학교 대신 달려가던 내 유년의 개울은 기억 속에서 가장 행복한 공간이다. 해가 지도록 동네 아이들과 물고기들과 놀았다. 배가 고프면 옥수수와 감자를 삼굿해 먹었다.

삼굿은 삼베 만들기의 첫 번째 과정이다. 삼^{대마}의 껍질을 벗기기 전에 삼을 찌는데 이 과정을 이르는 말이다. 삼굿은 마을 축제였다. 마을마다 수확한 삼을 커다란 공동 가마솥에 쪘는데, 삼 속에 옥수수나 감자를 넣어 찌면 삼향이 밴 독특한 맛의 감자와 옥수수를 먹을 수 있었다.

우리의 삼굿은 정통이 아니라 패러디였다. 돌을 놓아 만든 화덕에 솥 대신 얇은 돌판을 걸고 맨 밑에 젖은 모래를 깔고 그 위에 삼 대신 쑥을 깔았다. 쑥 위에 감자나 옥수수^{속껍질은 벗기지 않는다}를 얹고 다시 쑥을 덮는다. 그 위에 다시 젖은 모래를 덮고 찌는 것이다. 모래가 마르면 고무신으로 물을 퍼다 부었다. 세 번쯤 반복해야 잘 익은 감자와 옥수수를 먹을 수 있었다.

지금도 나는 삶이 못 견디게 남루하고 쓸쓸하게 느껴질 때면 가끔 고향의 그 개울을 찾아가곤 한다.
개울엔 아무도 없다. 멱 감던 아이들, 붕어, 모래무지, 꺽지, 피라미, 기름종개……. 모두 어디로 간 걸까?

고향의 그 개울을 찾아갈 때마다 뭔가 가장 소중한 것을 잃어버린 듯한 상실감에 젖어 돌아오지만 삶이 못 견디게 남루하고 쓸쓸하게 느껴질 때면 다시 그 개울을 찾아간다. 그나마 아직 찾아갈 곳이 있는 나는 행복하다. 고향도 추억도 아예 물에 잠겨버린 사람들도 있다. 수몰촌 사람들이다. 1990년대 중반에 나는 댐이 생기기 전의 소양강과 수몰촌 사람들을 생각하며 '수인리에서'라는 시한 편을 썼다.

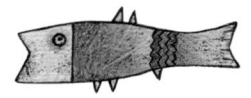

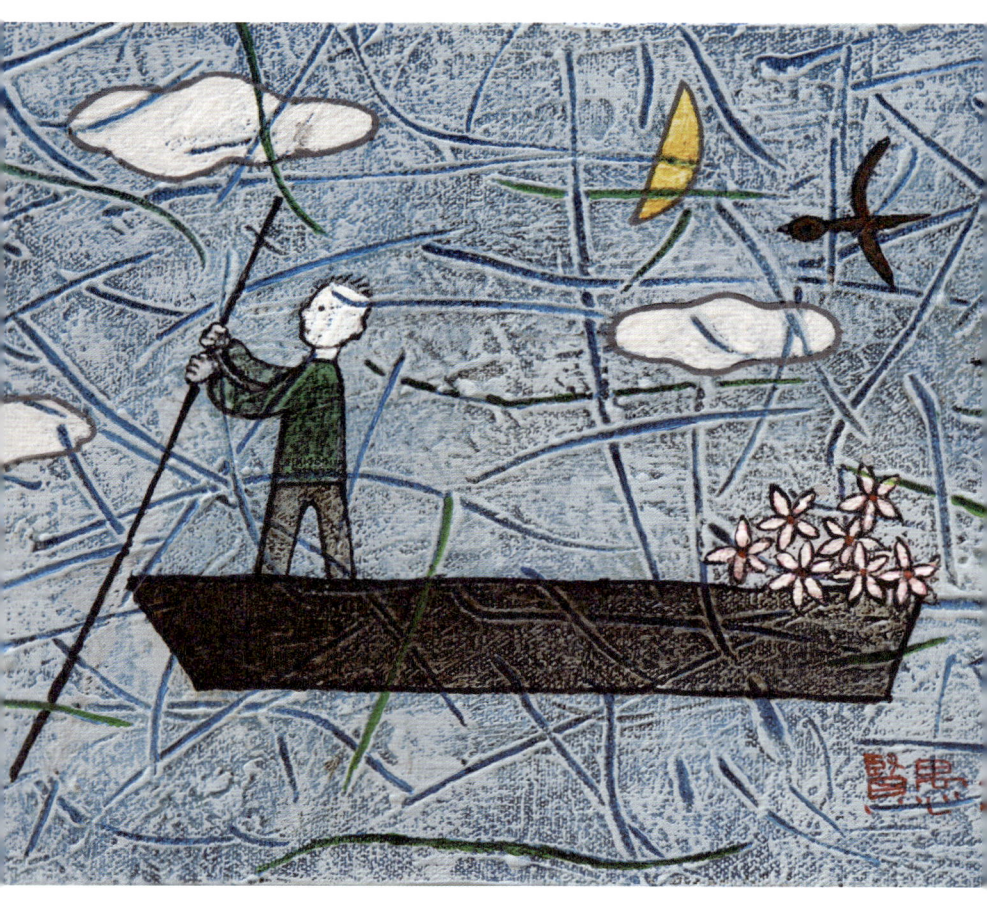

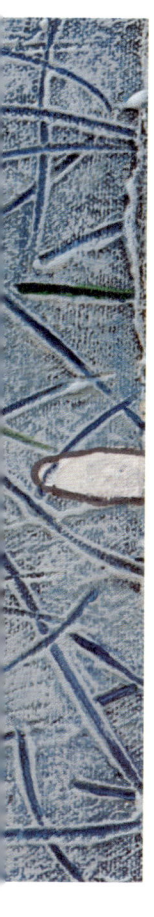

인공댐 속으로 수몰된 내 유년의 완행버스

강물이 모래를 흘리며 차에 올라
젖은 생머리 길게 풀어 헤치면
나는 강물의 옆자리에 앉아
바다로 가는 길을 물어보곤 했었어
껍지와 모래무지 투망을 접으며
버스를 세우던 수인리

수몰촌 사람들
어느 먼 유배의 바다 험한 파도에 시달리다가
연어처럼 자라나는 그리움의 ㅈ 느러미

밤이면 꿈길 더듬어 고향을 찾아오는지
물속에 잠긴 수인리 빈집 창마다
별 하나씩 켜져 있었어

- '수인리'에서 전문

인간은 문명으로 인해 소중한 것을 너무 많이 잃어버렸다. 어느 시점에서 문명은 멈췄어야 했다. 개인적으로 그리고 음악 문명으로 말한다면, 엘피 음반 시대쯤이 어떨까?

미루나무가 서 있던 비포장도로, 하얀 먼지를 일으키며 달리던 양구발 춘천행 완행버스, 창밖으로 흐르던 강물……. 댐이 생기기 전, 군데군데 백사장을 펼쳐놓으며 흐르던 소양강은 눈부시게 아름다웠다.
"언젠가 나도 저 강물을 따라가면 바다로 갈 수 있겠지."
가슴 설레던 그 강과 강가에 살던 사람들이 눈물겹게 그리운 시월의 오후다.

사랑과 돈

중학교 2학년 때였다. 나와 같은 반 친구 근세는 새로 부임한 미모의 처녀 선생님을 사랑하게 되었다. 며칠을 똥마려운 강아지처럼 쩔쩔매던 근세가 어떻게 하면 좋겠냐고 내게 자문을 구했다. 나는 여자는 돈에 약하니까 돈을 줘보면 어떻겠냐고 제안했다. 순수하고 우직한 근세는 앞뒤 재지 않고 내 제안을 곧바로 수용했다. "얼마를 주면 될까?" 근세가 물었고 나는 100원 정도면 되지 않겠냐고 대답했다. 1970년대 강원도 산골 중학생에게 100원은 큰돈이었다. 근세는 영어로 "I love you"라고 쓰고 당당하게 자신의 이름을 적었다. 드디어 처녀 선생님의 수업 시간이 돌아왔고 근세는 100원을 동봉한 연애편지를 교탁 위에 올려놓았다.

근세에게 돌아온 것은 사랑이 아니라 매였다. 근세는 돈의 액수가 너무 적었기 때문에 실패했다고 생각했다.

그날의 상처 때문이었는지 근세는 열심히 돈을 벌었다. 지금도 친구들끼리 모이면 거의 혼자서 술값을 낸다. 도대체 강원도 산골의 까까머리 촌놈들이 여자가 돈에 약하다는 걸 어떻게 알았단 말인가?

초가지붕을 걷어내고 슬레이트를 씌우던 3공화국 시절이었다.

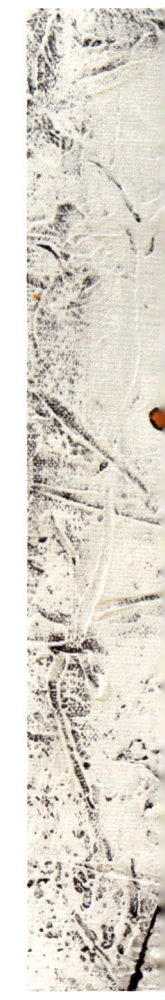

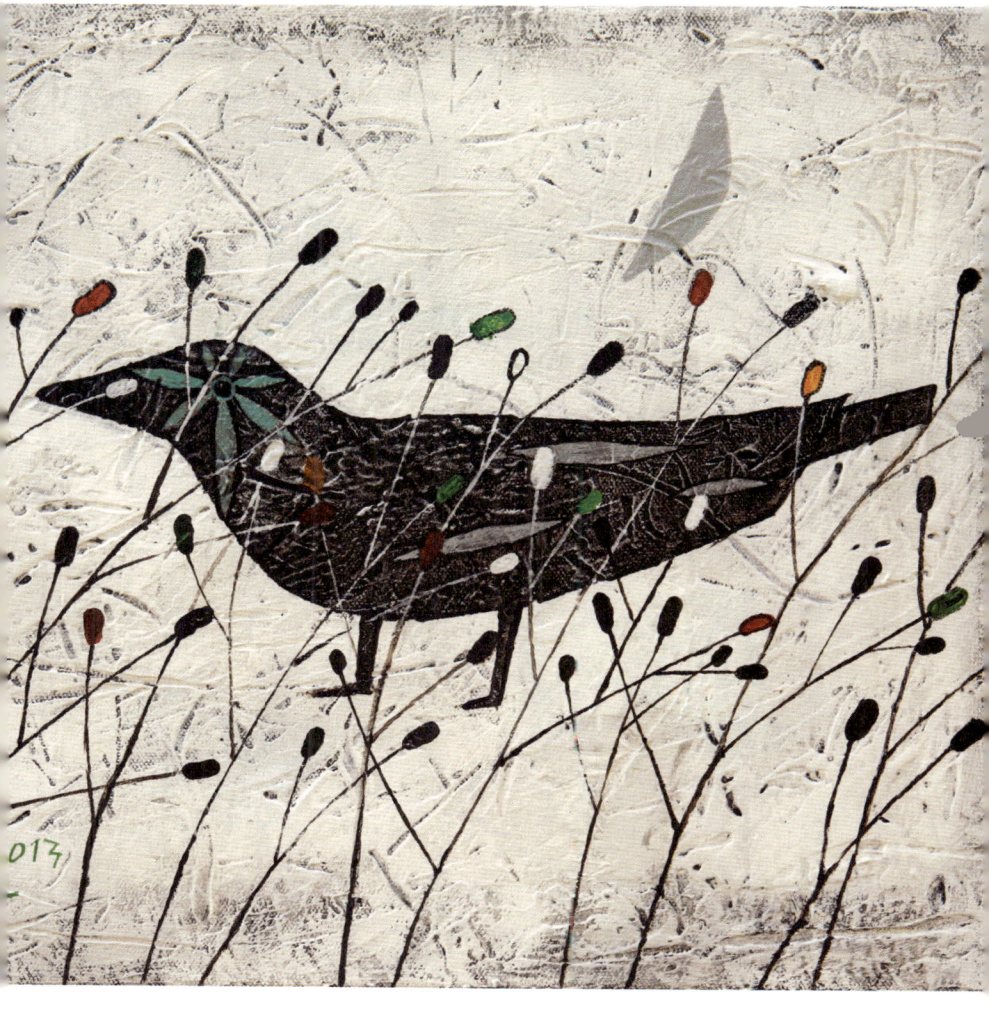

옛날 노트

뭘 하니? 뭐든지 조금씩 / 무슨 가치가 있지? 글쎄 예측 시도
힘과 혐오…….
뭘 원해? 아무것도 그러나 전부를 / 뭘 아니? 권태를 / 뭘 할 수
있지? 몽상하는 걸 / 매일 낮을 밤으로 바꾸려고/ 무얼 알지?
권태를 갈아치우려고 몽상하는 걸

무얼 해야 하지? 알아야 하고 예측해야 하고 / 할 수 있어야 해
/ 아무짝에도 쓸모없지만 / 무얼 겁내니? 원하는 걸 / 넌 누구
니? 좆도 아니지 / 어디로 가니? 죽음으로 / 무슨 조처를 취할
래? 끝장내는 거 / 불량배 같은 운명을 다시 살지 않게끔
어디로 가지? 끝장내러 / 무얼 하지? 죽음

폴 발레리Paul Valery의 '제쳐놓은 노래'라는 시다. 이 시를 줄줄 외고 다녔던 젊은 날이 있었다. 허무虛無가 별처럼 빛나던 시절이었다. 옛날 노트에서 이 시를 발견했다. 20여 년 동안 까맣게 잊고 있었다. 누구의 번역인지는 적혀 있지 않았다.

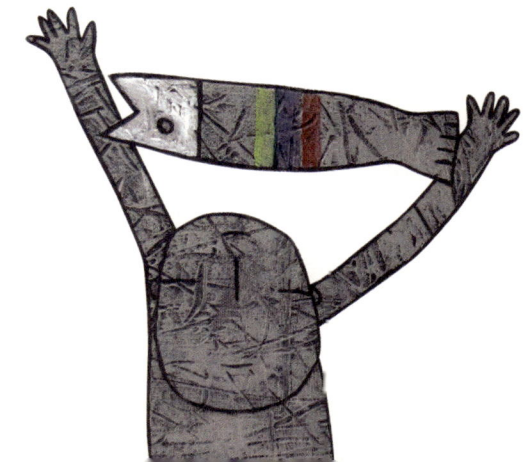

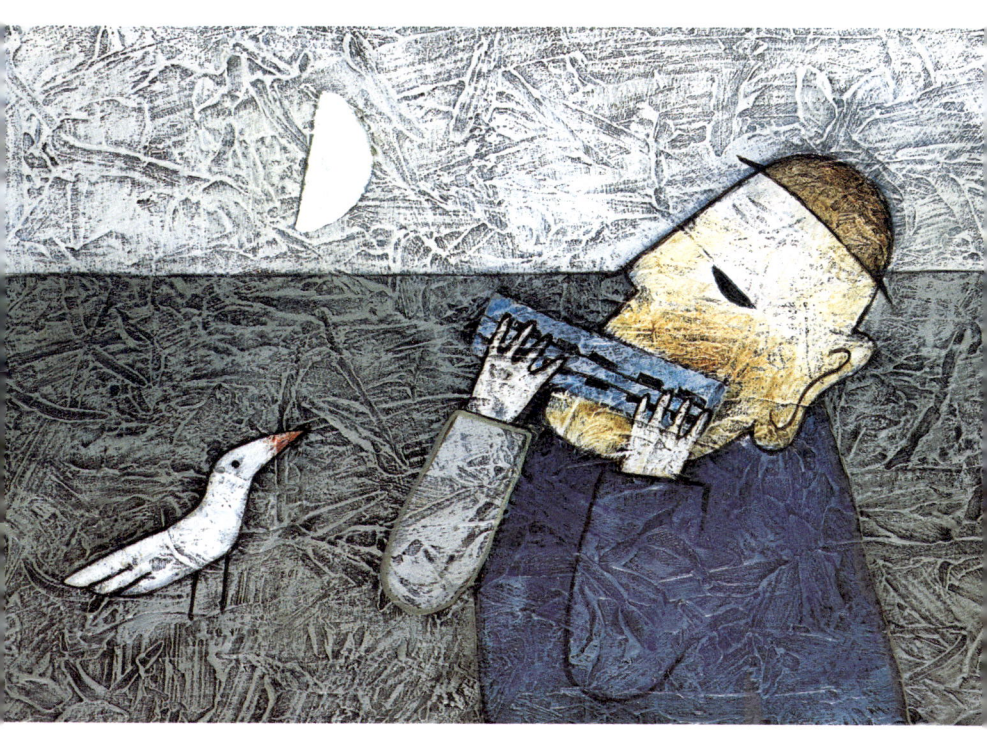

아버지와
하모니카

아버지가 추석 선물로 하모니카를 사다주신 건 초등학교 3학년 때였다. 마당에 나가 하모니카를 불었다. 하모니카는 달빛에 순은처럼 빛났다. 하모니카에선 처음 맡는 냄새가 났다. 음악 냄새였다.

아버지는 평생 도박을 하셨다. 하지만 나는 결코 아버지를 미워할 수 없었다.

마당

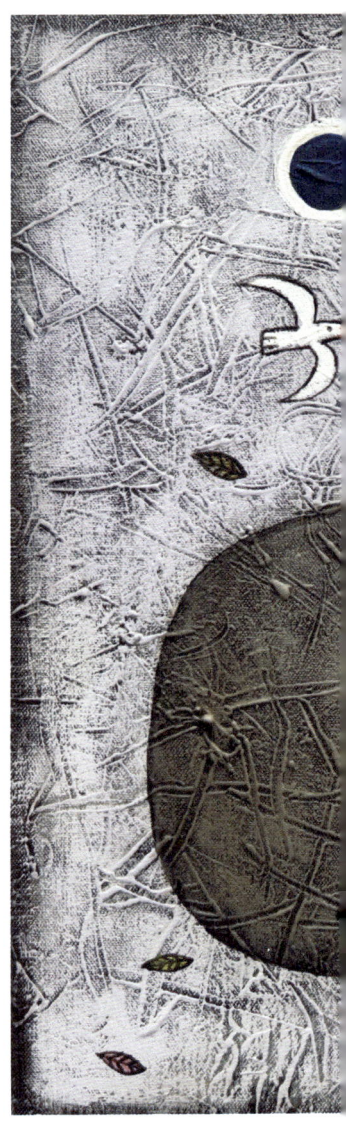

산막에 살 땐 몽유병자처럼 자다 일어
나 마당에 나가 오줌을 눴다. 오줌을
누며 하늘의 별을 봤다. 도시에서는 할
수 없는 일이다. 도시의 마당은 마당
이 할 수 있는 가장 큰 기능을 잃어버
렸다. 오줌을 눌 수 없는 마당은 마당
이 아니다.

나는 그때 마당에 오줌을 누며 우주와
의 합일을 경험했다.
사명산 산막이 그리운 밤이다.

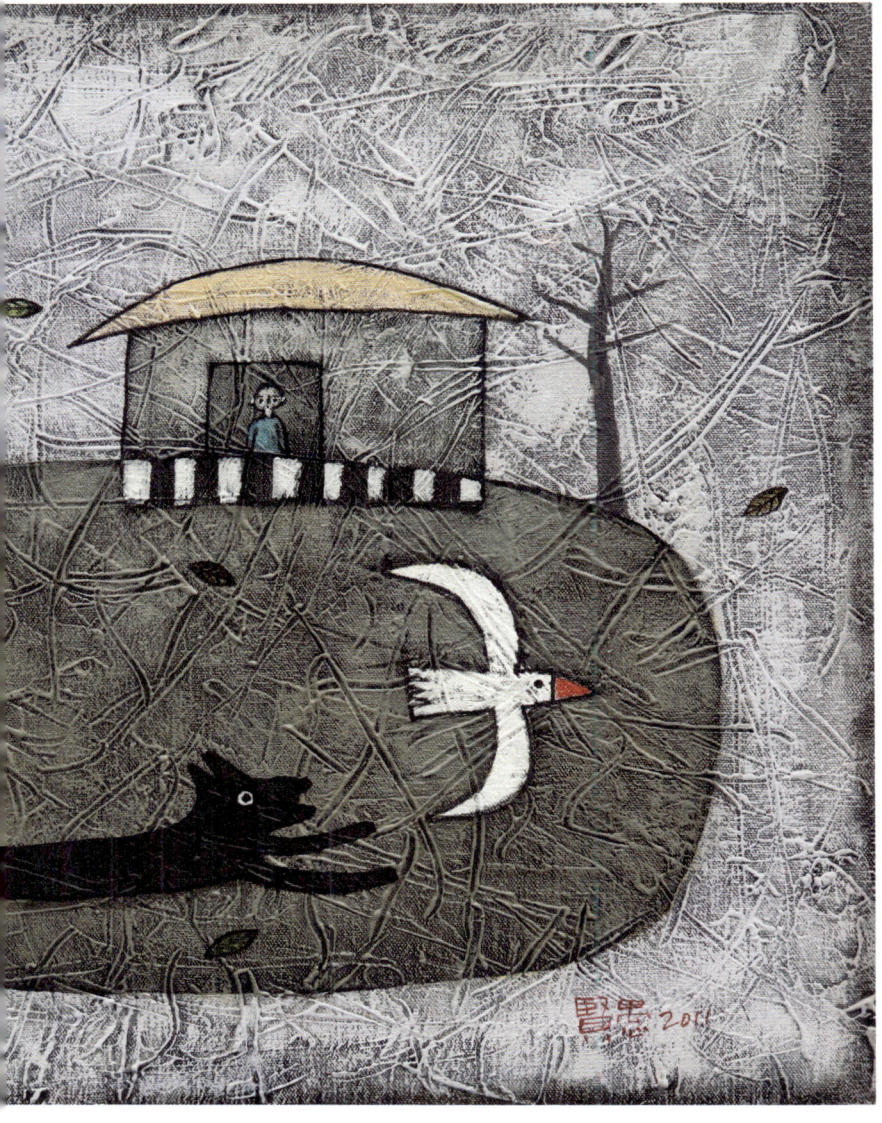

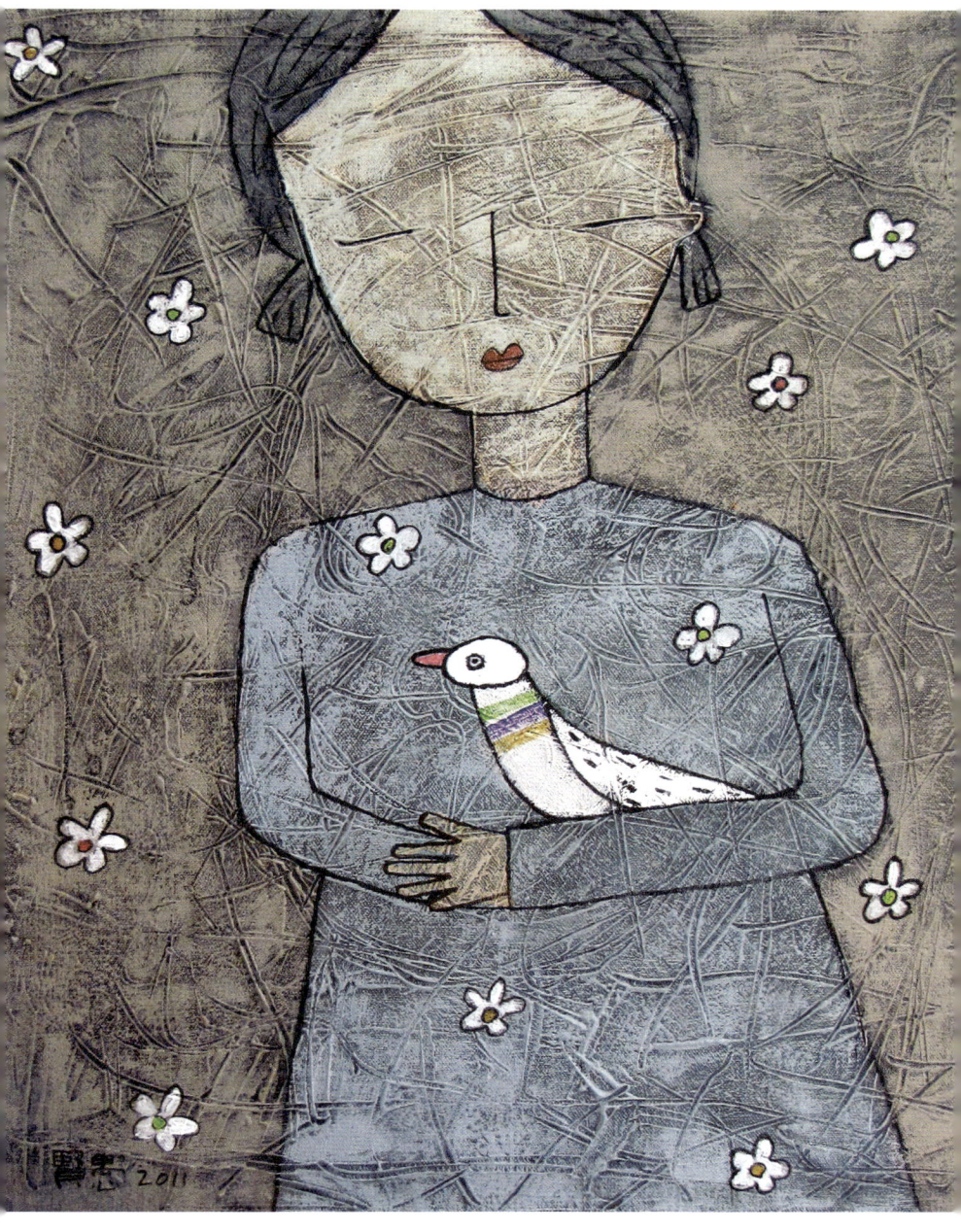

농부의 아내

가을 이른 아침 정림리 창작 스튜디오 마당에서 농부의 아내가 설치미술을 하고 있다. 탈곡한 벼를 말리고 있다.

초등학교 4학년 때. 거의 대부분이 농사꾼의 자식인 반 아이들이 돌아가며 장래 희망을 말할 때 대통령도 있고 장군도 있고 과학자도 있고 교사도 있고 간호원도 있었는데, 농부가 되겠다는 아이는 끝내 없었고 나는 순교하는 심정으로 농부가 되겠다고 했는데, 전학 온 지 얼마 안 된 얼굴이 하얀 선생님 딸이 농부의 아내가 되겠다고 했는데.

그 아이는 정말 농부의 아내가 되어 벼를 말리고 있을까?

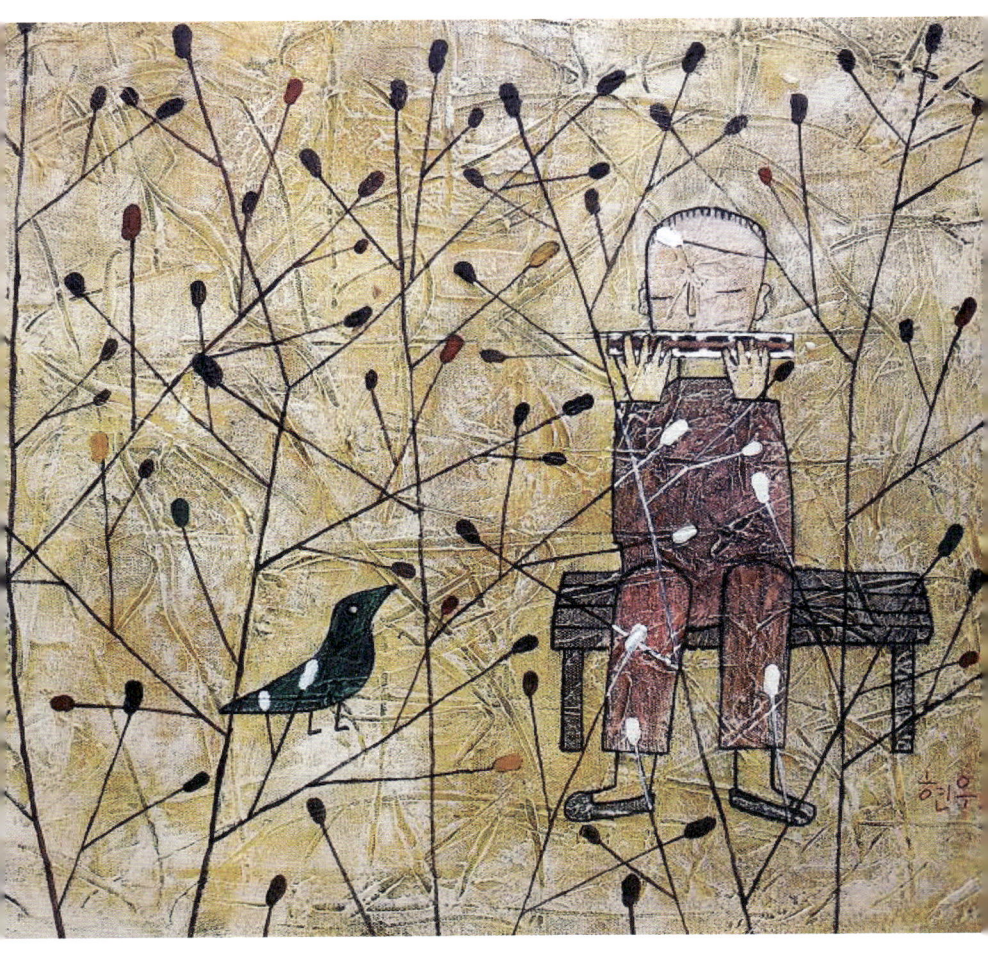

하모니카

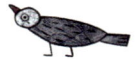

새들을 불러놓고 하모니카를 불던 어린 날이 있었다. 이젠 하모
니카를 불어도 새가 날아들지 않는다. 단지 새소리에 귀를 기울
일 뿐이다.

가랑잎

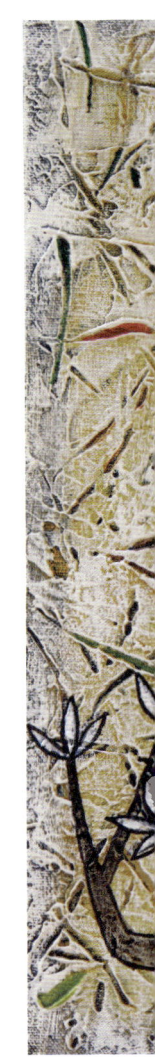

아버지는 며칠째 링거 줄에 걸려 가랑잎처럼 바스락거렸다. 가망 없으니 집으로 모시는 게 좋겠다고 의사가 말했다. 병원 복도에 모여 아버지의 시간을 의논하는 식구들이 외계인 같다. 산소호흡기를 떼자 아버지가 말했다.

"이제 가는 거냐?"

"네, 집으로 가시는 거예요."

내가 대답했다. 처음이자 마지막으로 본 아버지의 눈물이 앰뷸런스 불빛에 별처럼 빛났다.

11월의 빈 거미줄에 가랑잎 한 장 매달려 있다.

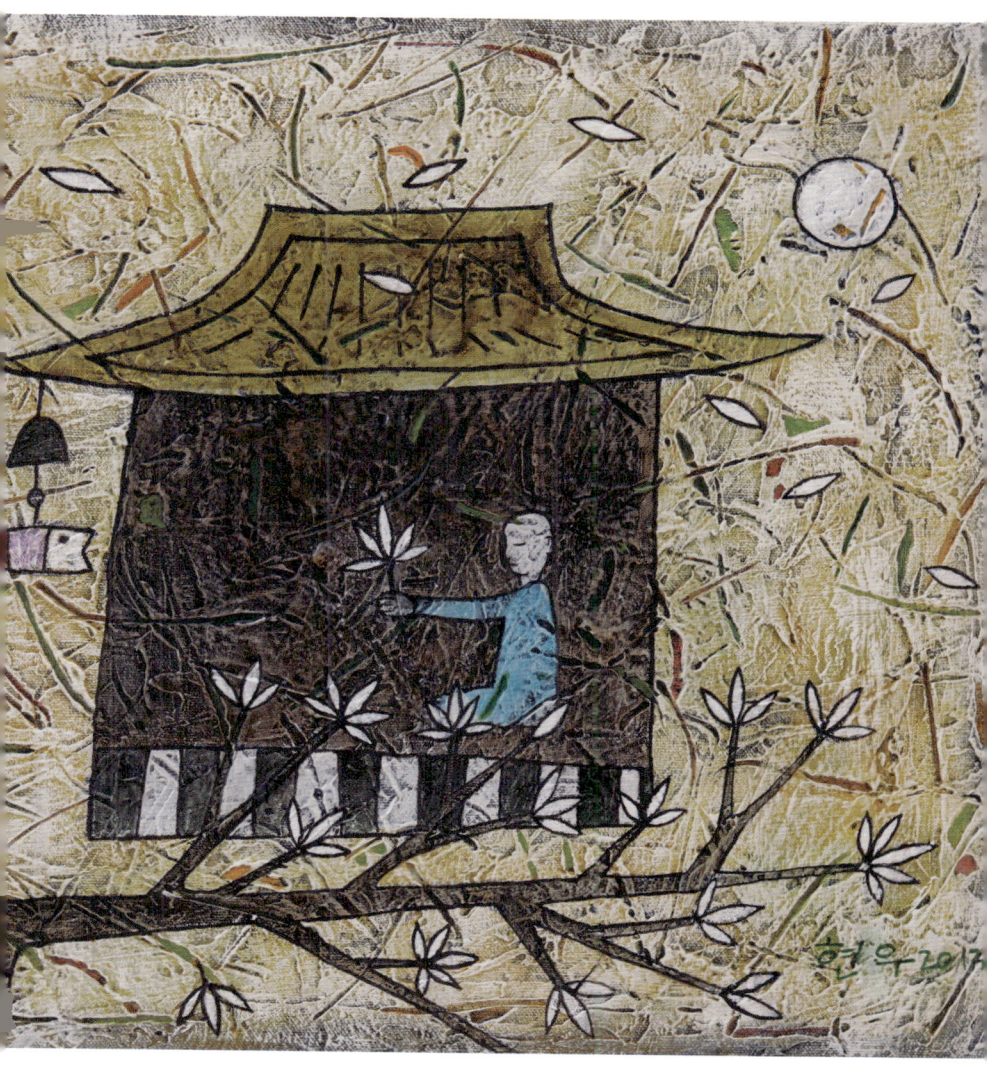

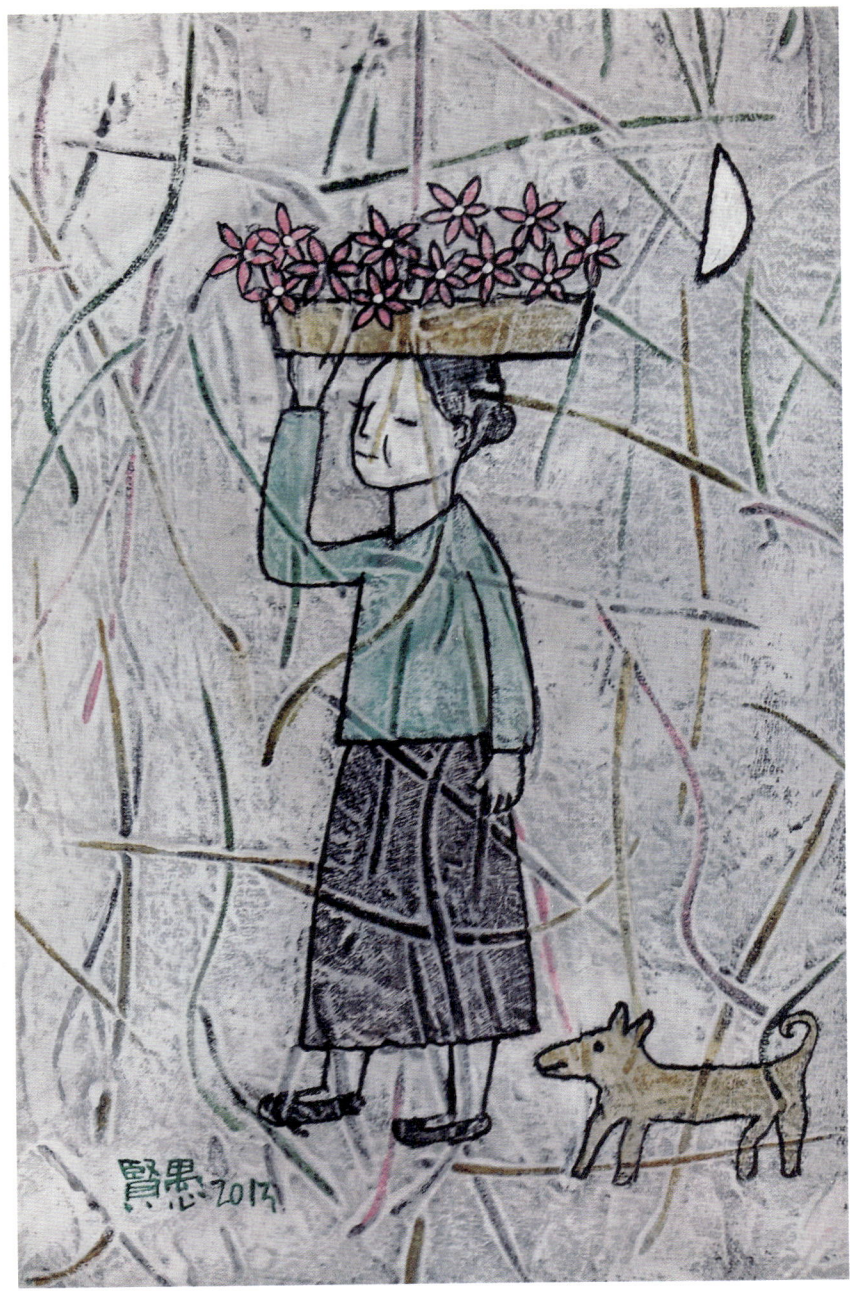

가난과
엄마

아버지가 기침을 할 때마다, 초가집 바람벽에서 모래가 우수수 떨어졌다. 형과 누이와 나는 배고프단 소릴 하지 않았다. 낮에 온 식구가 나란히 방 안에 누워 있다는 게 꿈같았다. 방바닥이 허공처럼 느껴졌다. 쥐들이 어둠을 물어 오고 엄마가 일어나 방을 나갔다.

형이 일어나 호야등(燈)의 유리를 닦았다. 뻐꾸기 울음이 멀어지고 엄마가 머리에 쌀을 이고 돌아왔다. 나는 일어나지 않았다. 조금 더 가라앉고 싶었다. 가라앉는 기분이 뜨는 기분보다 고요했다. 일곱 살 때였다.

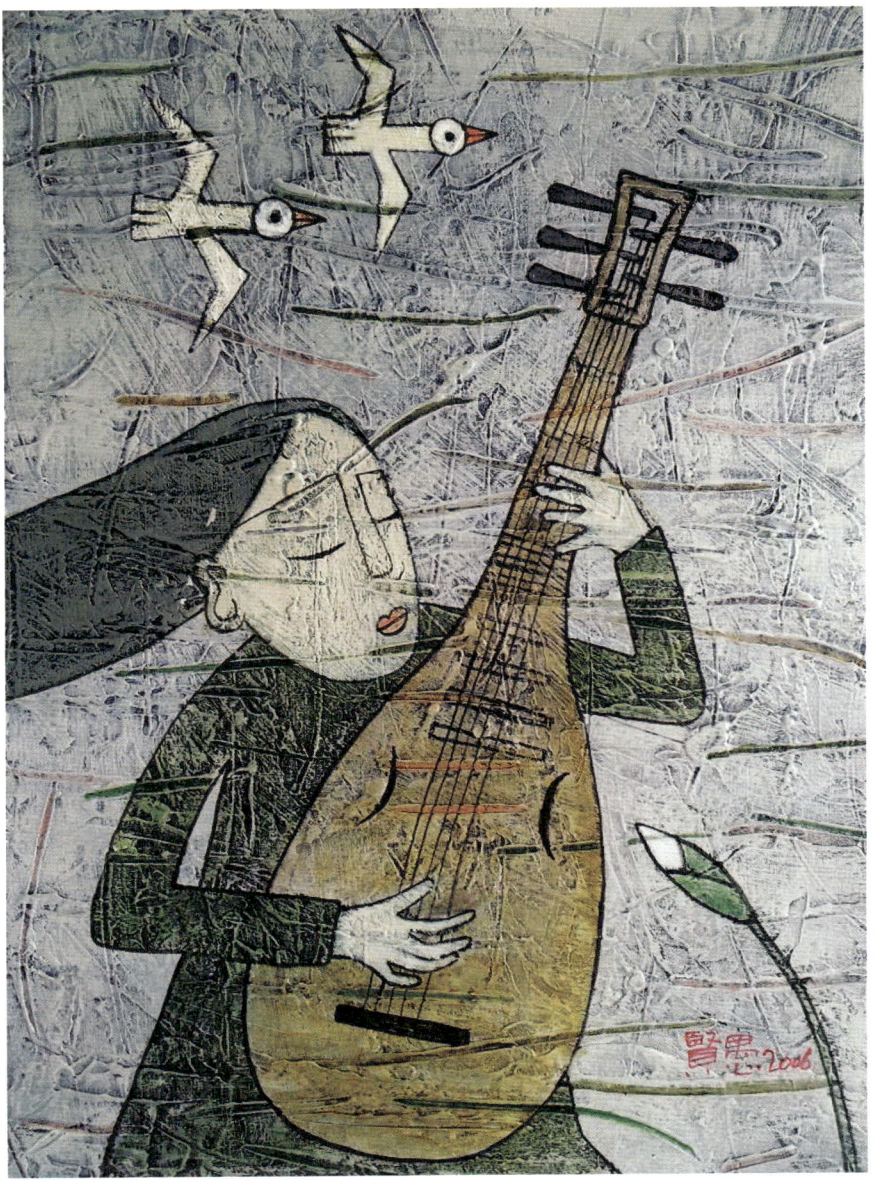

사비나 야나토우

그리스의 여가수 사비나 야나토우Savina Yannatou의 〈젊은 우체부의 죽음〉을 듣는다. 그녀의 목소리는 슬프다. 몇 생의 슬픔을 담았기에 먼 이국의 남자를 술도 없이 울리는가?

이 환한 대낮에……

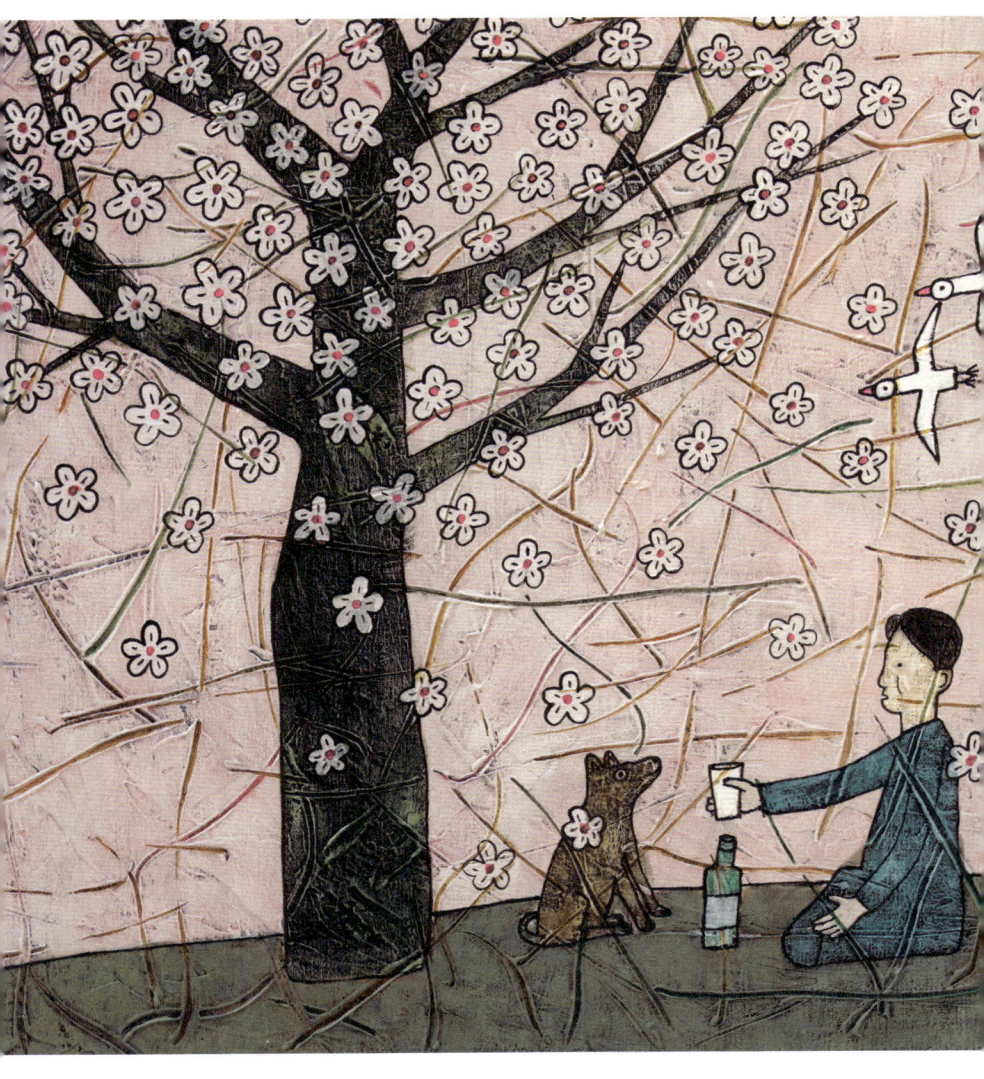

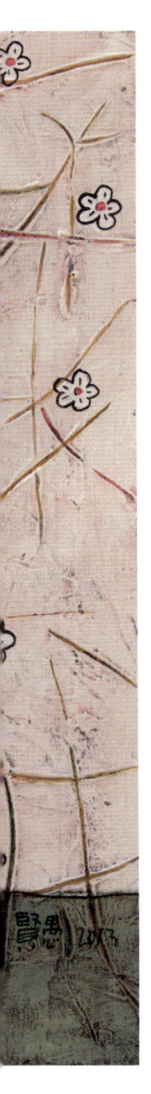

벌초

큰돈 벌어 오겠다고 전답 팔아 도시로 갔던 한 사내가 반기는 이 없는 고향, 빈주먹으로 돌아와 아비의 무덤 위에 무성히 자란 회한을 낫질하고 있다. 웃자란 세월을 속아내고 있다. 빈 소주병에 들국 몇 송이 꽂아놓고 엎드려 울고 있다.

묏등에 기대앉아 풀무치, 오이풀. 곤줄박이, 억새, 그나마 반겨주는 이름들 불러보며 어두워지도록 귀향을 꿈꾸고 있다.

외발 썰매

강이 얼면 외발 썰매를 타고 어디론가 가고 싶었다. 두 발로는 갈 수 없는 세상이 있을 것 같았다. 하늘은 끝이 없다는 말을 믿지 않았다.

눈 내리는 날 외발 썰매를 타면 문득 눈발 사이로 하늘의 끝이 보이곤 했다.

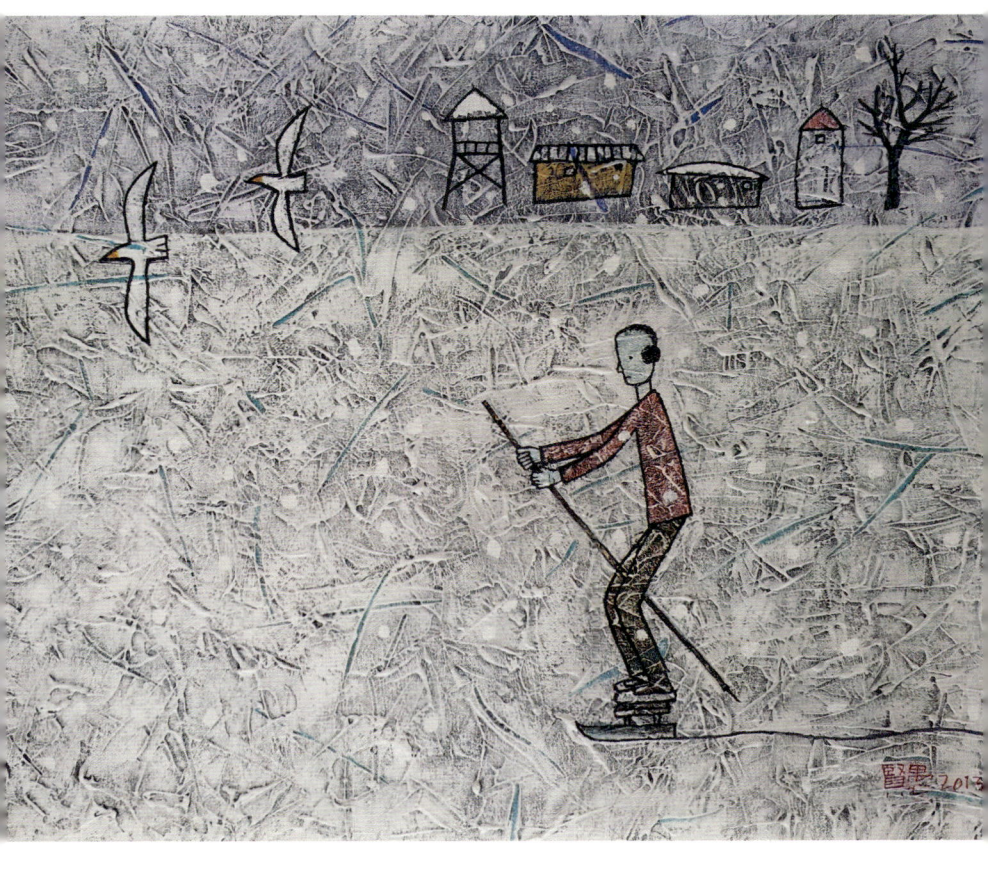

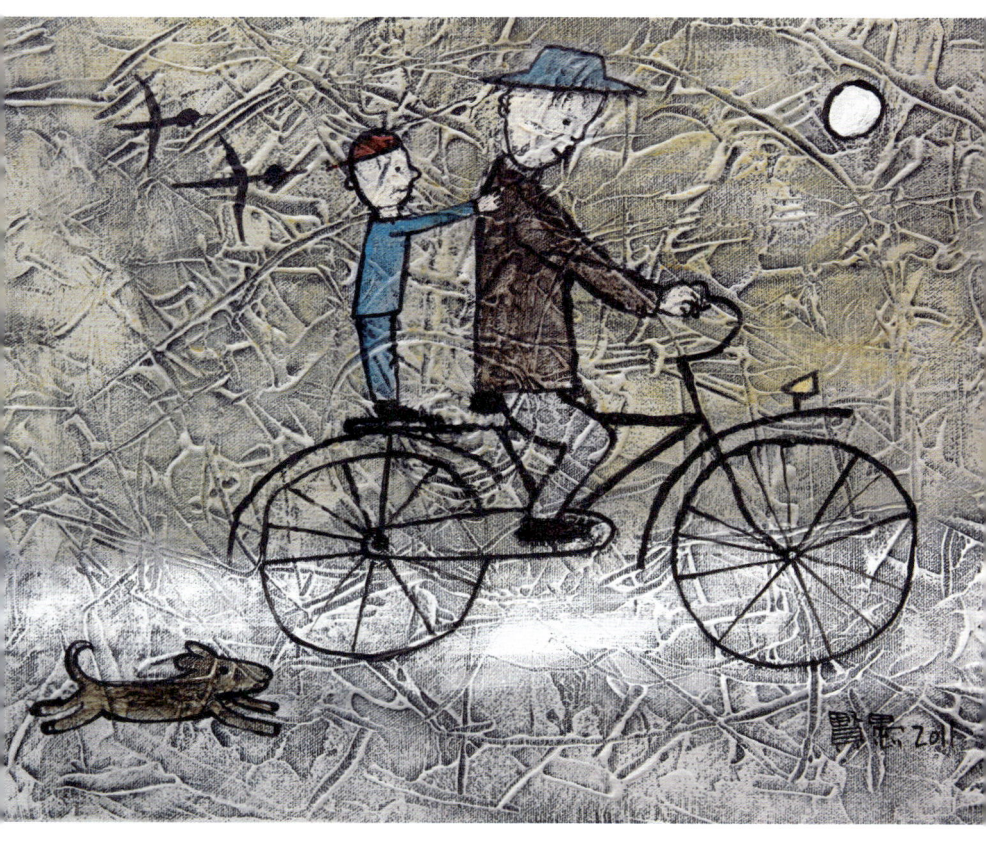

아버지의
자전거

아버지의 자전거는 세상 끝까지라도 갈 수 있다고 믿었던 어린 시절이 있었다. 하늘은 정말 끝이 없을까? 세상의 끝이 궁금했다. 자전거 꽁무니에 매달려 졸병들처럼 서 있는 미루나무를 사열하며 초가을 신작로를 달리면 눈깔사탕이 없어도 행복했다. 바다로 가자고 조르면 아버지는 세상엔 자전거로는 갈 수 없는 곳도 있다며 하늘을 쳐다보곤 하셨다.

아버진 어느 별로 가신 걸까?
자전거를 타고 아버지의 별을 향해 달리고 싶다.

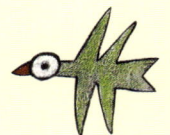

제4장

먼 길을 돌아온 바람 소리

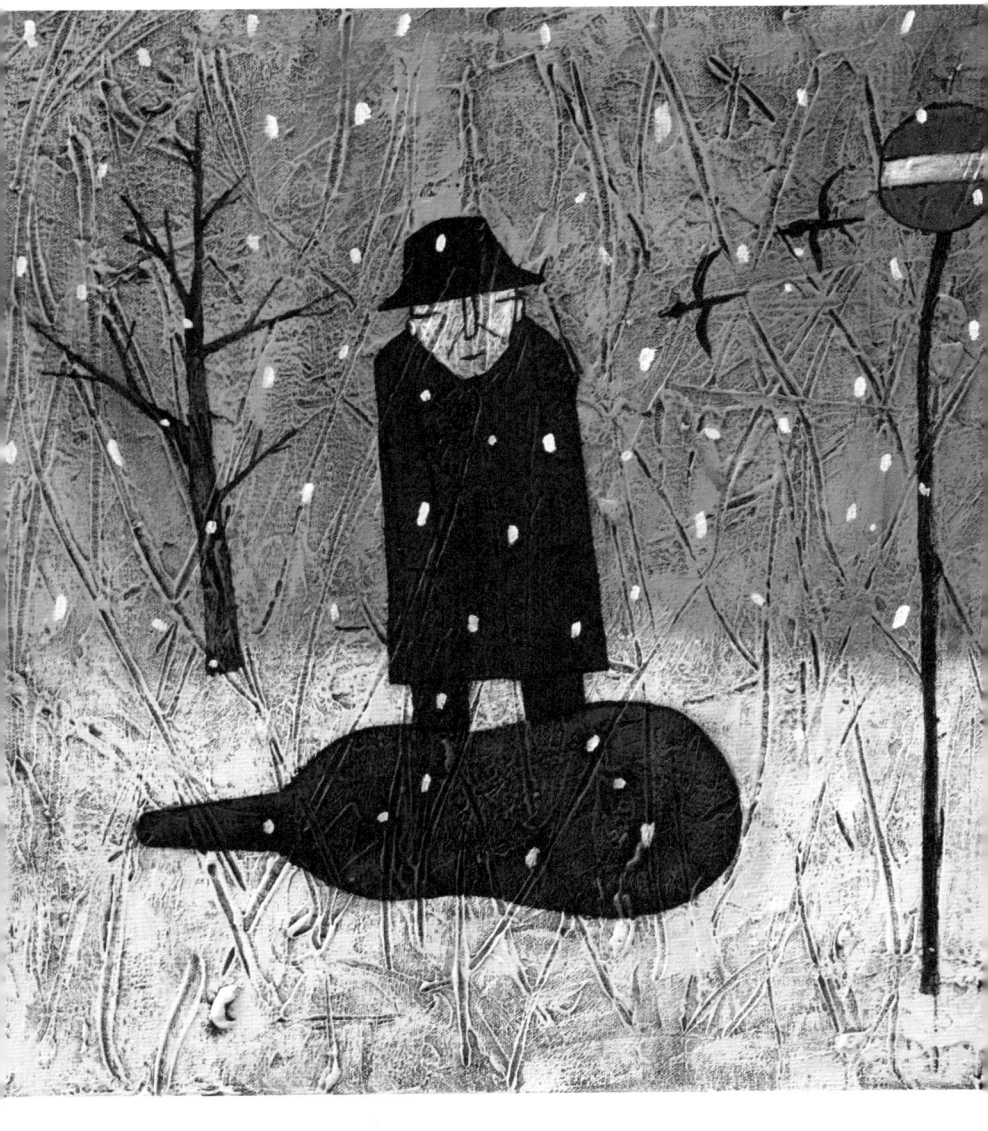

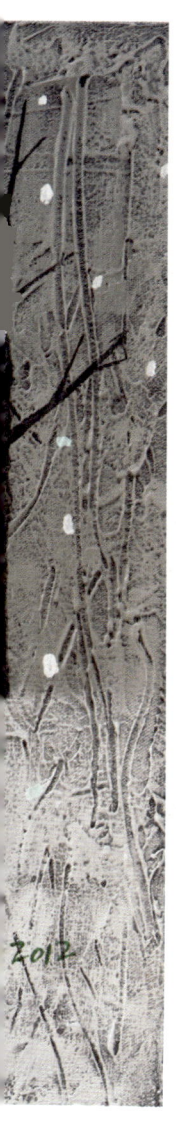

겨울 나그네

늙은 가수가 저음으로 내리는 눈을 맞으며 버스를 기다리고 있다. 나는 그가 로드 맥퀸Rodney McKuen이라고 생각했다. 그는 열한 살 때 집을 나왔다. 그는 한때 구두닦이였고 철도 노동자였고 스턴트먼이었고 시인이었다. 그는 늘 책을 읽었고 버스를 놓쳤고 집이 없었다. 그는 언제나 이방인이었다.

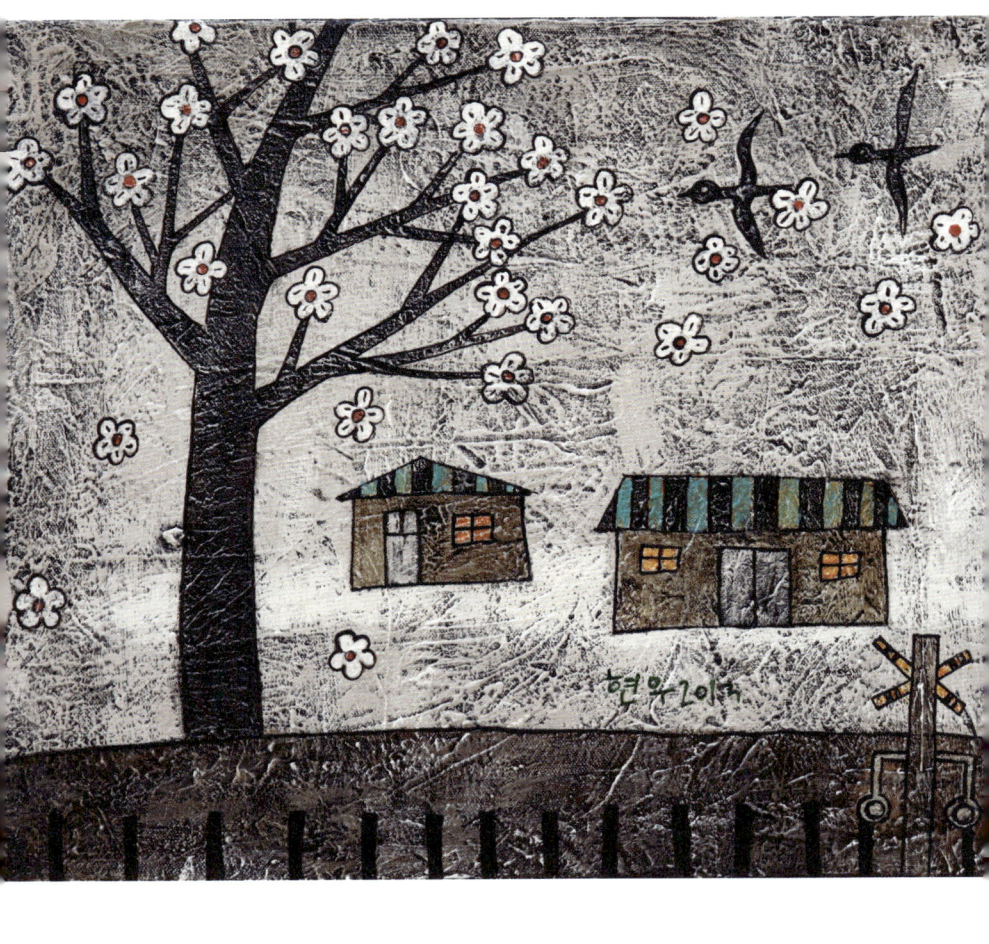

김유정역 1

요절한 식민지 소설가의 실패한 연애편지를 읽으며 나는 청춘열차
하행선 막차를 타고 김유정역을 지나간다. 청춘열차는 한때 청춘
이었던 사람들과 한때 청춘인 사람들을 태우고 봄밤을 꿈처럼 지
나간다. 김유정 역은 청춘의 간이역이다. 급행열차는 간이역에 서
지 않는다. 청춘은 언제나 급행열차처럼 빠르게 지나갈 뿐이다. 유
리창엔 마을의 불빛이 동백꽃처럼 돋아나고 인생은 아직도 노름
판에서 마누라 잃은 만무방처럼 막막한데, 한때 청춘이었던 사람
들과 한때 청춘인 사람들이 어둠 속을 유령처럼 지나간다. 막살았
던 내 청춘의 가난과 불운과 데카당스가 식민지의 봄밤을 속절없
이 또 지나간다.

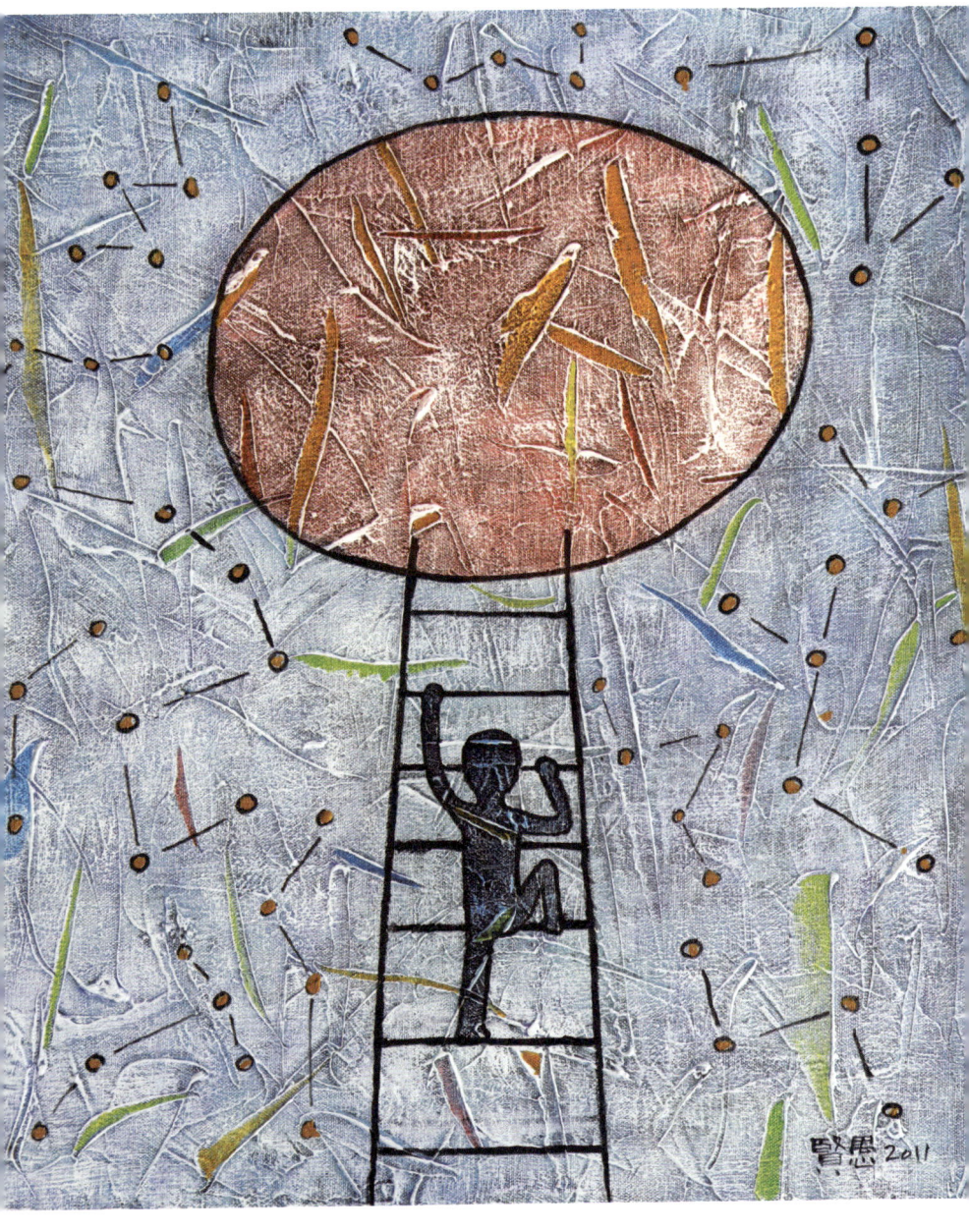

일몰

일몰을 보러 다니던 젊은 날이 있었다. 일몰 때는 바람도 고요에 귀를 기울인다. 일몰의 고요 속엔 소량의 아편과 슬픔과 체념 같은 것들이 녹아 있었다. 어둑해진 공기가 아주 견고한 울타리처럼 느껴지는, 이상한 안도감을 느끼곤 했다. 시간이 사라지는 어떤 한순간을 목격하곤 했다.

북한강에서

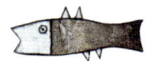

고깃배 한 척, 북한강의 안개를 끌어올리고 있다. 안개 속에선 분명한 게 없어서 좋다. 옳고 그름도, 사랑도 미움도 길을 잃는다. 안개 속에선 물살을 거슬러 오르는 것도 물살에 몸을 맡기고 떠내려가는 것도 자유다.

안개 속에선 안개를 물의 꿈이라고 했던 시인의 이름이 생각나지 않아도 좋다. 강은 누구의 꿈이며 나는 또 누가 꾸는 꿈이란 말인가? 자욱한 생각들을 헤치며 늦가을 오후의 강변을 걷는다. 철 지난 유원지에선 어김없이 정태춘의 노래 〈북한강에서〉가 흘러나온다.

저 어두운 밤하늘에 가득 덮인 먹구름이
밤새 당신 머릴 짓누르고 간 아침
나는 여기 멀리 해가 뜨는 새벽 강에

홀로 나와 그 찬물에 얼굴을 씻고
서울이라는 아주 낯선 이름과
또 당신 이름과 그 텅 빈 거릴 생각하오
강가에는 안개가 안개가 가득 피어나오

짙은 안개 속으로 새벽 강은 흐르고
나는 그 강물에 여윈 내 손을 담그고
산과 산들이 얘기하는 나무와 새들이 얘기하는
그 신비한 소릴 들으려 했소
강물 속으론 또 강물이 흐르고
내 맘속엔 또 내가 서로 부딪치며 흘러가고
강가에는 안개가 안개가 또 가득 흘러가오

아주 우울한 나날들이 우리 곁에 오래 머물 때
우리 이젠 새벽 강을 보러 떠나요
과거로 되돌아가듯 거슬러 올라가면
거기 처음처럼 신선한 새벽이 있소
흘러가도 또 오는 시간과
언제나 새로운 그 강물에 발을 담그면
강가에는 안개가 안개가 천천히 걷힐 거요

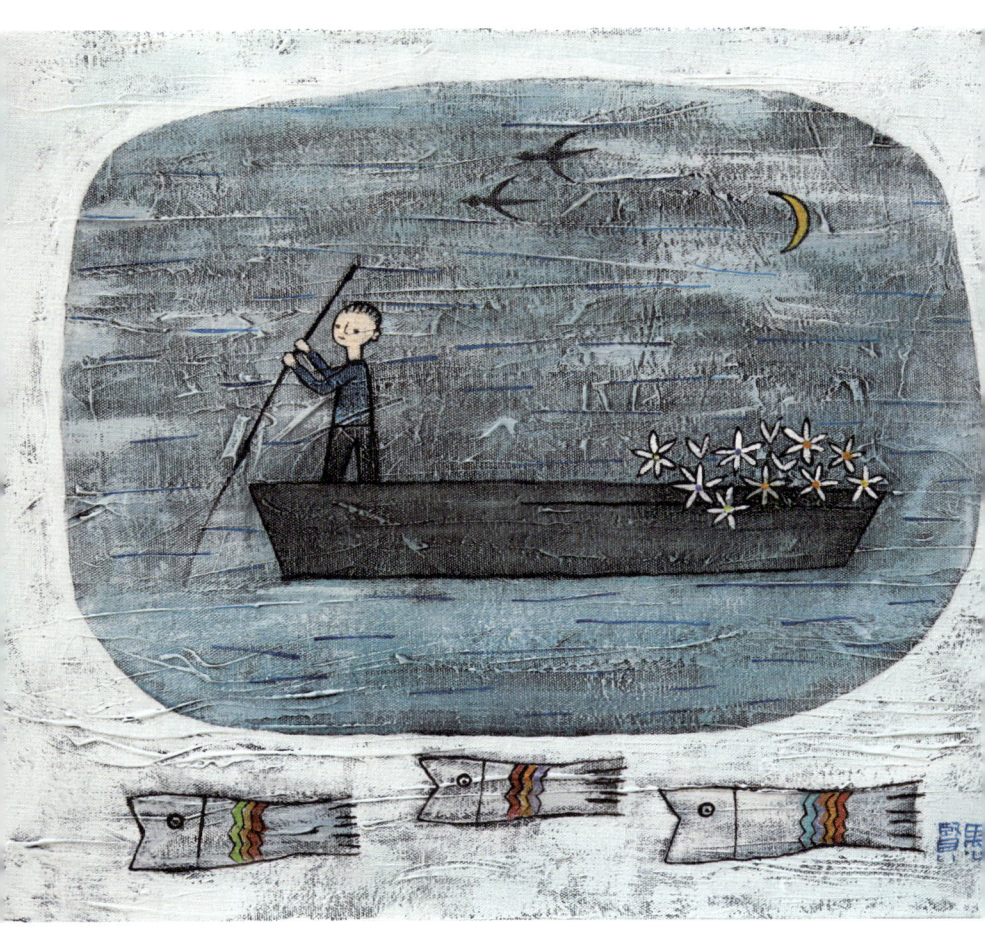

노래 속엔 시간이 정박해 있다. 정태춘이 〈북한강에서〉를 발표한 것은 1985년 10월이다. 음악으로의 망명을 꿈꾸며 군부 독재의 어두운 터널을 통과하던 20대 후반의 내 젊은 날이 정박해 있는 것이다. 조국은 없었지만 시가 있었고 노래가 있었고 분노가 있었던 시절, 낮에는 음악다방에서 밥 딜런Bob Dylan을 들었고 밤에는 강가에 모여 앉아 혁명을 꿈꾸며 김민기를 부르던 그 낭만의 시절이 정박해 있는 것이다.

정태춘은 우리와 동시대를 살고 있는 싱어 송 라이터다. 그가 《시인의 마을》이라는 앨범을 발표하며 사람들 앞에 나타난 건 1978년이었다. 그는 마리화나 파동으로 황폐해진 포크신에 시적이고 서정적인 노래를 들고 나타나 군부 독재의 억압에 질식해가던 젊은이들을 위로한다.

〈서해에서〉 〈촛불〉 〈사랑하는 이에게〉 〈시인의 마을〉 등 그의 가사는 사랑 일변도의 기존 가사와는 완전히 다른, 유행가의 속성을 뛰어넘는 것이었음에도 불구하고 당시 젊은이들의 마음을 어루만지며 인기곡의 반열에 오르는 이변을 일으켰다. 하지만 그는 안주하지 않았고 한국적 포크를 찾기 위해 고민에 고민을 거듭했다. 그가 사회의 그늘에 시선을 던지며 자신의 가사에 저항의 메시지를 담기 시작한 것은 1980년대 후반부터다. 1990년대 초에 발표한 일곱 번째 앨범《아, 대한민국》은 진정한 모던 포크의 면모를 보인 앨범이다. 밥 딜런으로 상징되는 모던 포크의 정신은 저항이다.

《아, 대한민국》이란 앨범에 실린 노래 중 많은 곡이 가사 사전 심의를 통과하지 못했고 그는 바로 가사 사전 심의 폐지 운동을 전개했다. 그는 끈질기게 싸웠고 1996년 마침내 헌법재판소의 '가요 사전 심의 위헌 결정'을 이끌어냈다.

험난한 여정이 시작됐지만 다행히 그의 곁에는 박은옥이라는 도반이 있었다. 정태춘 음악의 완성은 박은옥의 화음이다. 정태춘이 아니라 정태춘과 박은옥이다. 1980년대 중반 공연 기획을 하기도 했던 나는 정태춘과 박은옥의 공연을 두 번 기획했다. 두 번 다 망했고 출연료도 제대로 주지 못했다. 당시 나는 조그만 카페를 운영하고 있었고, 그 카페에서 꽤 긴 시간 정태춘 박은옥과 이야기를 나누었던 기억이 있다. 희미한 기억이지만 지극히 현실적인 얘기들이 오가지 않았나 싶다. 내가 하던 가게의 월세가 얼마냐고 물었던 것도 같다. 아직도 나는 그때 그 빚을 갚지 못하고 있다. 5~6년 전쯤인가 서울에서 열린 민예총 회의에서 우연히 정태춘을 만난 적이 있었다. 나를 기억하냐고 물었더니 물론이라며 그가 웃었다. 민망하기도 하고 주위에 사람들이 있어 얼른 자리를 피했지만 지금 생각하면 후회스럽다. 그때 나는 빚 얘기를 했어야 했다. 나는 지금 그림을 그리고 있고 가진 건 그림밖에 없으니 그림이라도 주겠다고 말했어야 했다. 그를 다시 만날 기회가 있을는지…….

민중은 그대로 있는데 민중시인은 사라진 지금, 그는 음유시인으로 억압에 저항하며 반문명과 반자본의 선봉에서 우리 시대의 비주류를 응원하고 있다. 설사 그가 운동권으로 뛰어들지 않았더라도 그를 비난할 사람은 없을 것이다. 북한강에서 그의 노래 〈북한강에서〉를 들어본 사람들이라면…….

강 건너로 희미하게 보이는 도시는 안개 위에 떠 있다. 당신은 북한강에서 정태춘의 노래 〈북한강에서〉를 들어본 적이 있는가? 강과 안개가 만들어내는 화음, 환상이 아니라 지금 이 순간 실재하는 풍경이다. 노래의 끝에서 안개가 걷히고 있다. 이제 감상도 추억도 강물에 흘려보내야 할 시간이다. 나는 다시 어두워지는 세상을 향해 발길을 돌린다. 〈북한강에서〉를 흥얼거리며…….

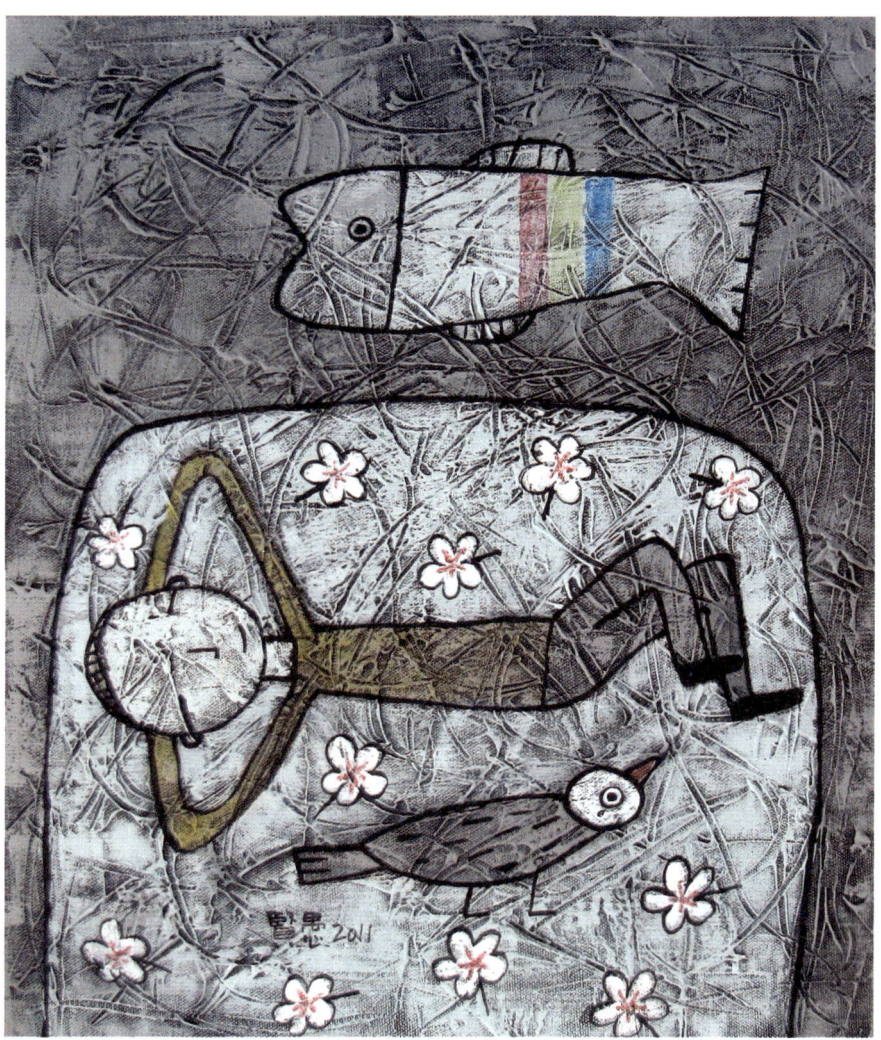

비박

사명산에서 비박을 했다. 이글루 천막을 치고 종일 비를 긋다보면 낮 잠 속으로 희끗희끗 에스키모의 눈발이 날리기도 했다. 가스버너에 끓여 마시는 커피 맛이 연민만 남은 옛날 애인 같다.

통화권을 이탈한 휴대폰과 천막 안의 사물들이 행성처럼 떠 있다. 스테인리스 컵, 라디오, 손전등, 양초, 담배, 시집……. 침낭을 깔고 누워 손을 뻗으면 모두 닿을 수 있는 별이다.

이념이라곤 게으름뿐인 해방구에서 생각이 그치길 기다리고 있다.

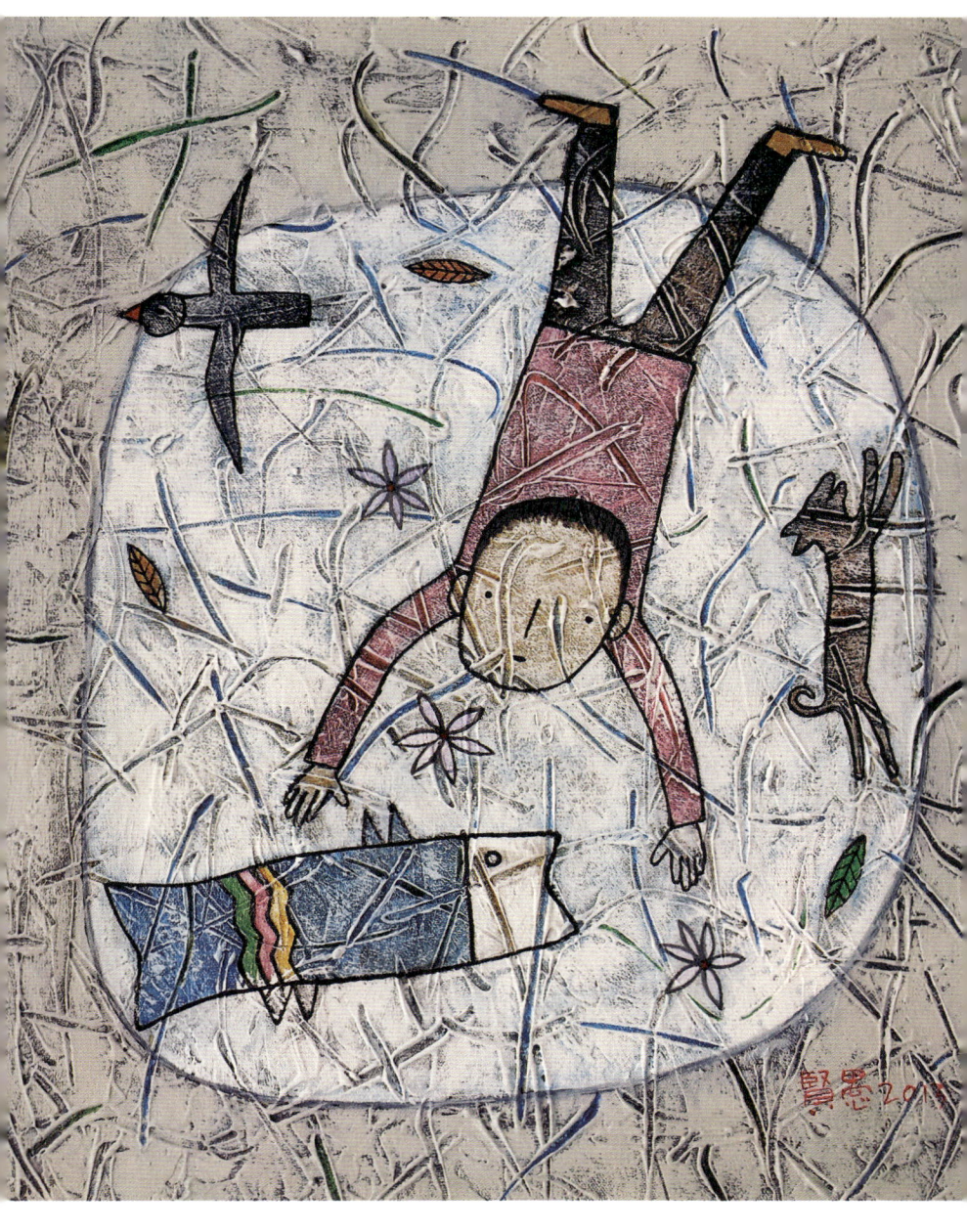

어린 날의
개울

바람도 없어 쓸쓸한 날, 나는 어린 날의 개울로 간다. 개울엔 아무도 없다. 동네 아이들도 이젠 개울에서 멱을 감지 않는다. 어린 날함께 놀던 물고기와 아이들은 모두 어디로 갔을까?

기억은 가까운 곳에서부터 지워지고 바위와 모래와 구름은 유적처럼 멀리 있다. 하릴없이 개울둑에 앉아 추억 쪽으로 기우는 한 생애를 반추하고 있다. 미루나무였던, 모래무지겼던, 물새였던, 전생前生의 먼 길을 떠올리고 있다.

김유정역 2

진작 망명하고 싶었지만 차마 모국어를 뿌리칠 수 없었다. 이젠 떠나야겠다. 고아 먹으려고 가둬놓았던 식민지의 뱀도, 닭도 모두 풀어주고 황사를 따라 사막으로 가겠다.*

*
김유정이 죽기 전 안회남에게 쓴 마지막 편지엔 이런 구절이 있었다.
'무리를 하면 병을 더친다. 그러나 그 병을 위하여 엎짚어 무리를 하지 않으면 안 되는 나의 몸이다. 그 돈이 되면 우선 닭을 삼십 마리 고아 먹겠다. 그리고 땅꾼을 들여 살모사 구렁이를 십여 마리 먹어보겠다. 그래야 내가 다시 살아날 것이다. 돈, 돈, 슬픈 일이다.'

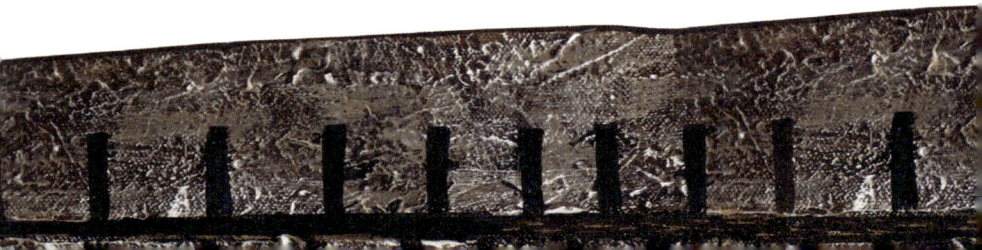

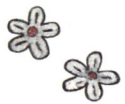

혼자 간다고 생각하니 조금은 두렵다. 경성에 들러 이상李箱을 만나
야겠다. '박제가 된 천재'보다 사막에서 미라가 되는 게 낫지 않겠
냐고 동행을 제의할 생각이다.*

*
이상이 병석에 누워 있는 김유정을 찾아와 함께 죽자는 제의를 했었다는 일화가 전해지고 있다. '박
제가 되어버린 천재를 아시오'는 이상의 소설 『날개』의 첫 문장이다.

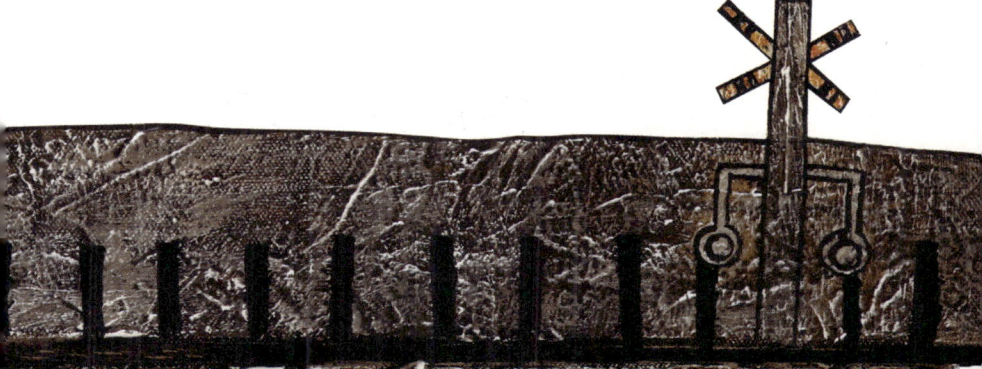

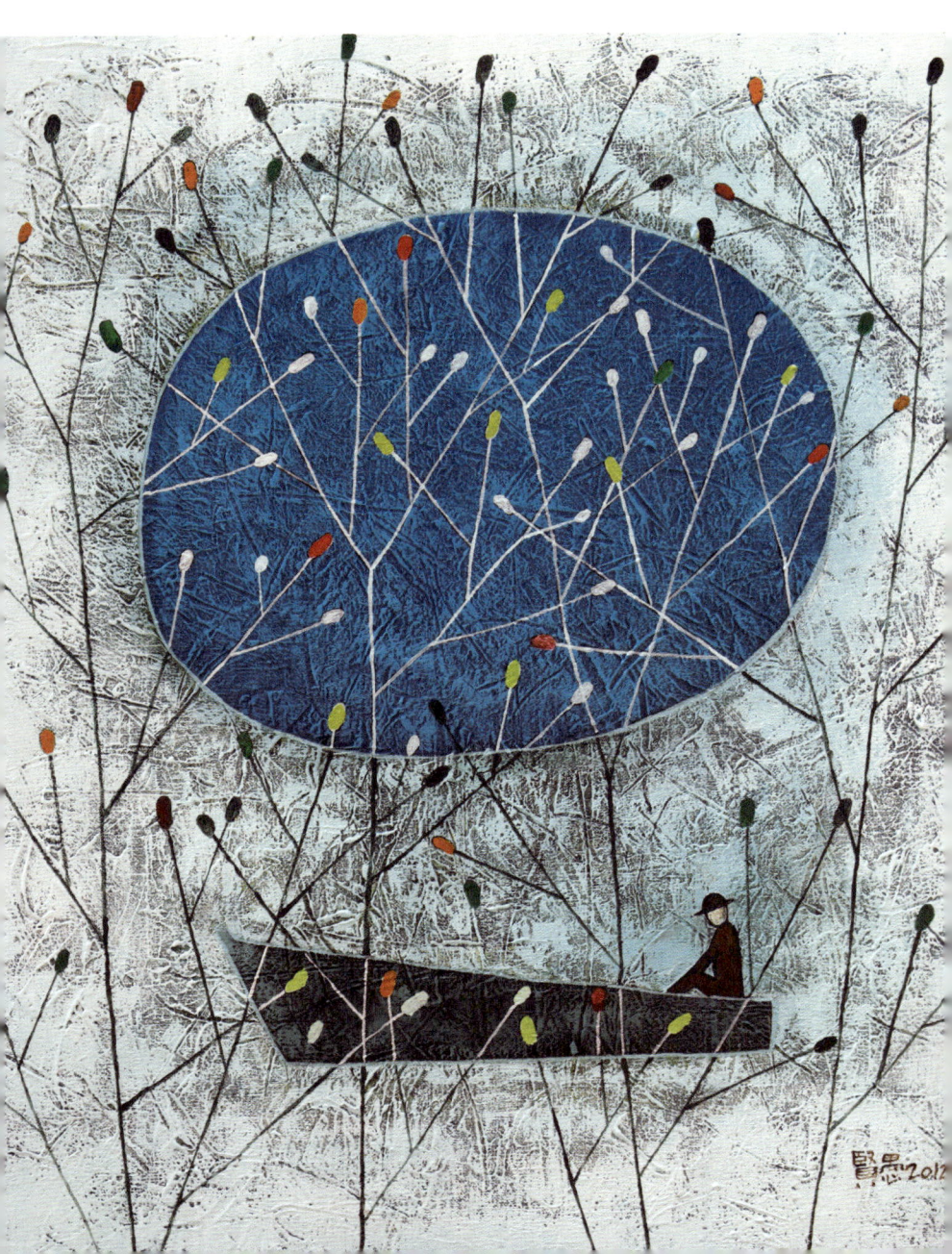

초가을

북한강엔 나룻배 한 척 생각에 잠긴 듯 정박해 있다. 군데군데 칠이 벗겨진 내 첫사랑의 잔해들이 강변 곳곳에 널브러져 있다. 초가을 석양이 가랑잎처럼 물살에 바스락거리고 있다.

철 지난 강변 유원지에 앉아 여름이 문 닫는 소리를 듣고 있다.

사막으로 가리라

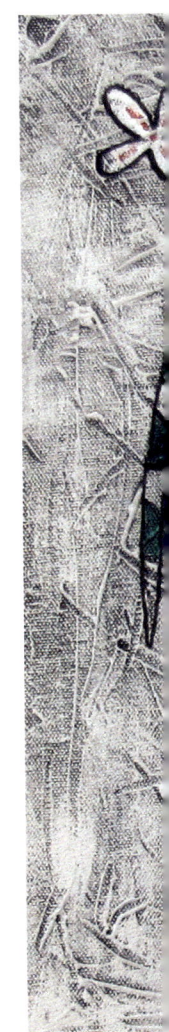

사막으로 가리라.
타클라마칸이나 고비 사막을 끝없이
걷다가 늙은 낙타처럼 쓰러져 죽으리라.
모래 속에 미라로 묻혔다가
먼 훗날 어느 먼 나라의 박물관에 누워
미래의 인간들을 만나리라.

그리고 물어보리라.
왜 살아야 하는지.

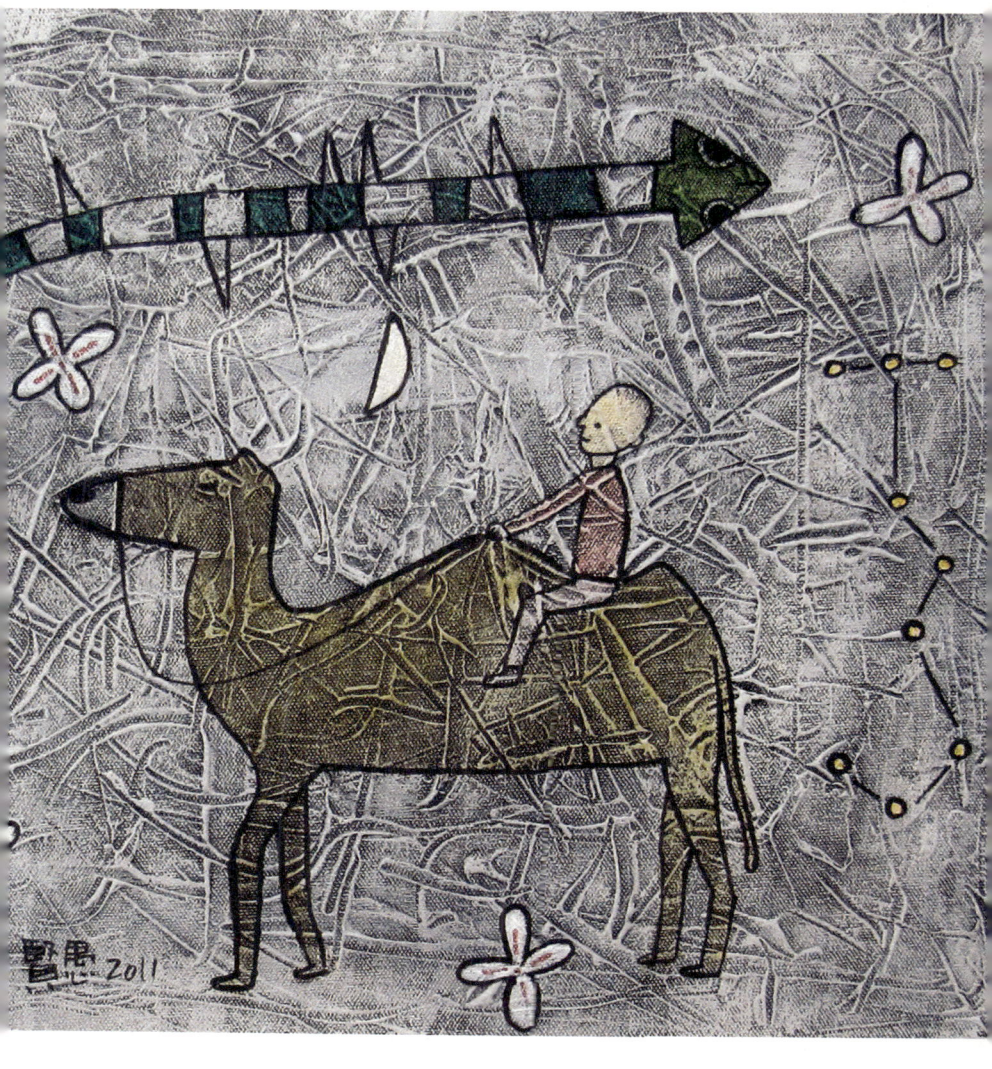

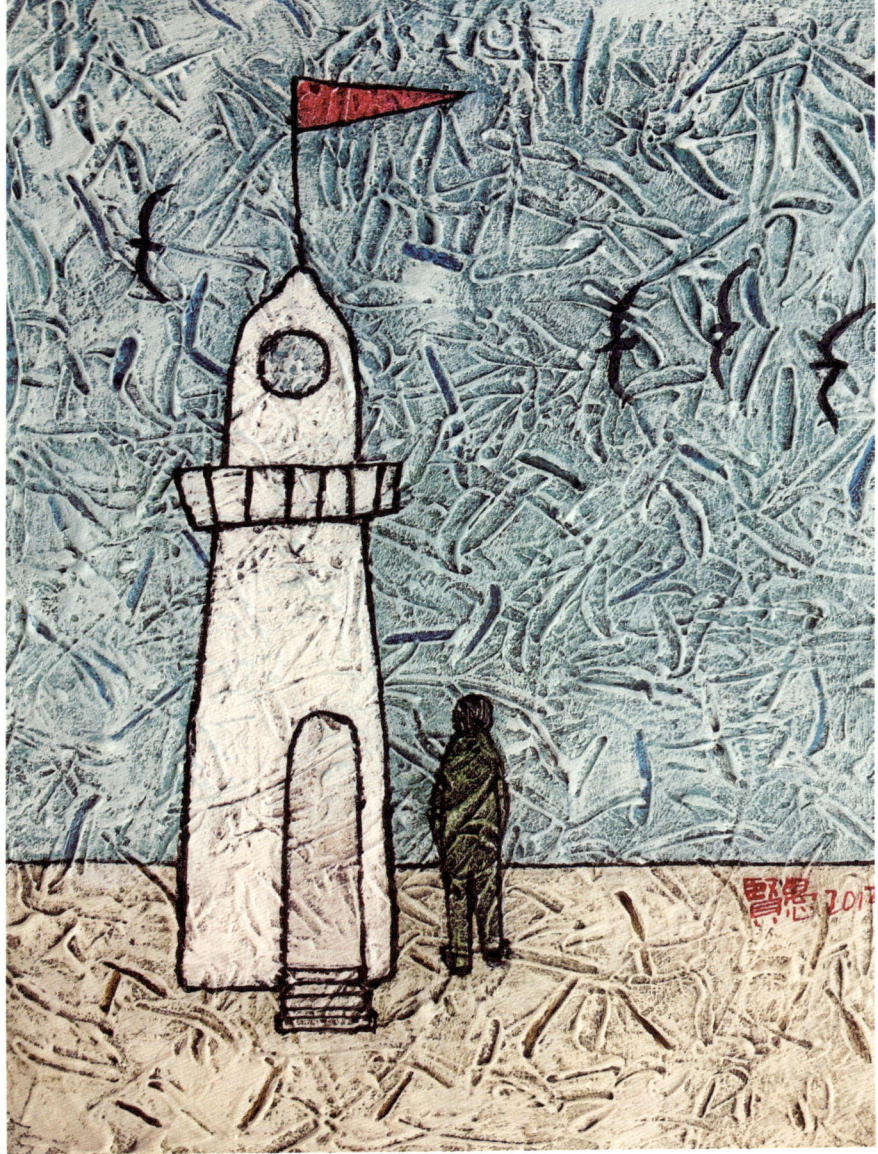

등대지기

등대지기를 꿈꾸던 시절이 있었다. 사춘기를 지날 무렵이었다.
순수와 허무와 감상과 낭만이 뒤섞인 환상 같은 것이었으리라.

언젠가 죽고 싶어 찾아간 바다에서 무인등대를 만났다.
등대에 기대서서 등대지기를 꿈꿨던 옛날을 생각했다.
나를 향해 방향을 잡을지도 모르는 누군가를 떠올렸다.
젖은 담배 한 대 피우고 발길을 돌렸다.

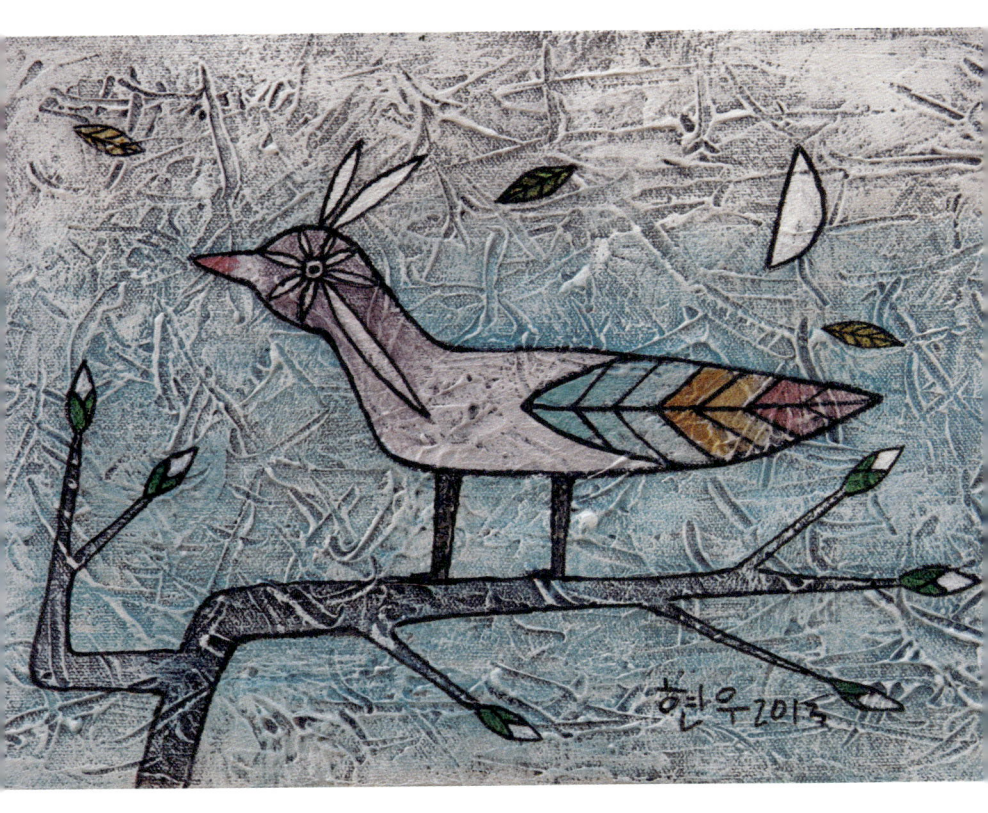

K 형에게

카페 올훼의 땅에 앉아 주인장이 읽고 있는 시집을 뒤적이고 있습니다. 시집의 한 문장이 눈시울을 적셔 창밖으로 이어진 시청 골목을 내다보았습니다. 주정차금지 팻말이 붙은 전봇대 아래 허리 굽은 노파가 낙엽처럼 떨어져 있습니다. 해결할 수 없는 민원서류처럼 구겨져 있습니다. 인생의 황혼이 단풍잎처럼 곱지 않은 까닭을 생각하고 생각했습니다. 생의 비의는 어느 페이지에 있을까요? 다시 시집을 하염없이 뒤적이고 있습니다. 커피가 식고 또 저녁이 오고 있습니다.

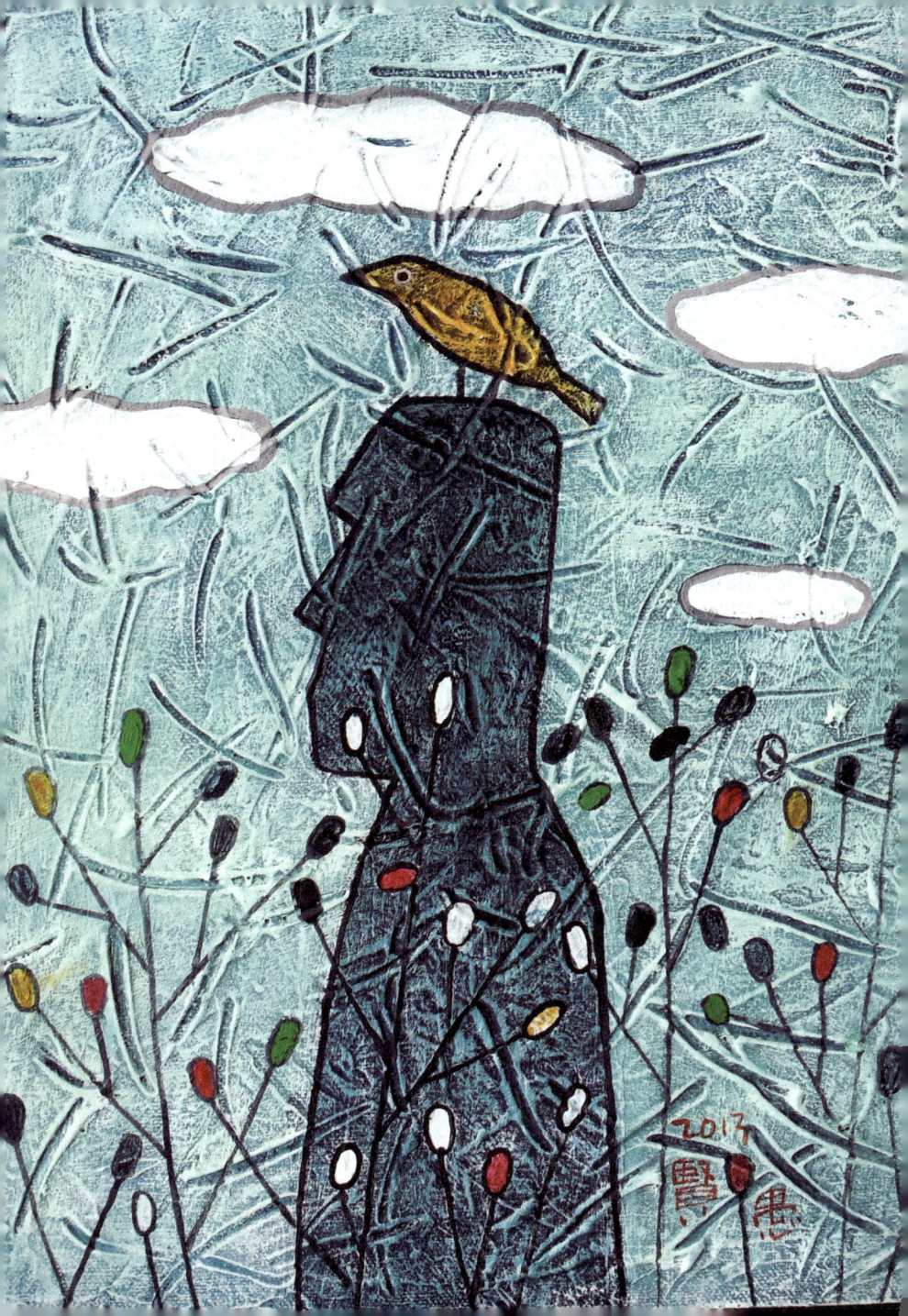

풍경

나무와 새와 바람, 지상의 풍경들은 흐렸다 갠다. 흐린 날이 더 많은 풍경도 있다. 조울증을 앓으며 건너온 시간도 풍경이다. 지금은 울❦의 계절. 하지만 이제 나는 아무도 없는 벌판에서 소리를 지르지 않는다. 세상이 멀어져 내가 풍경이 될 때까지 조용히 기다릴 뿐이다.

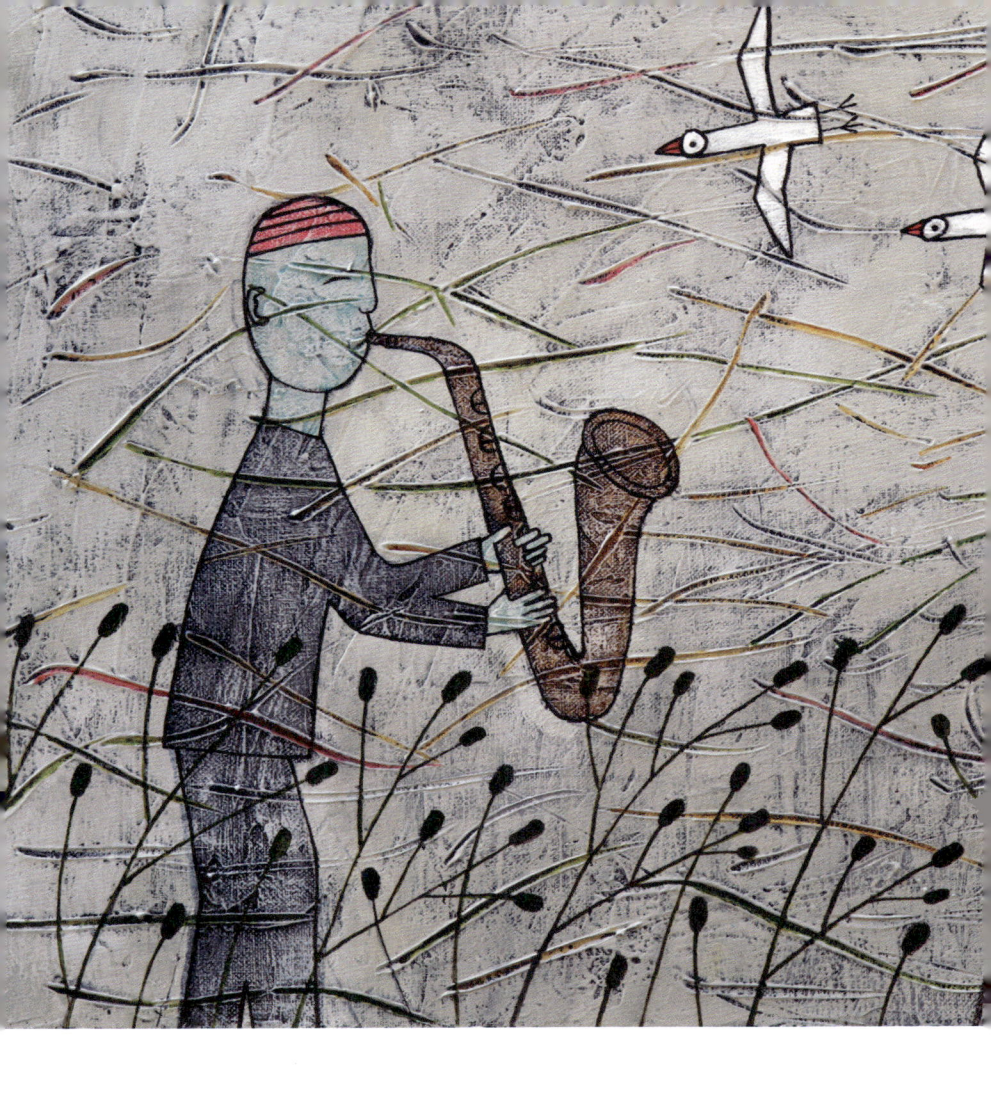

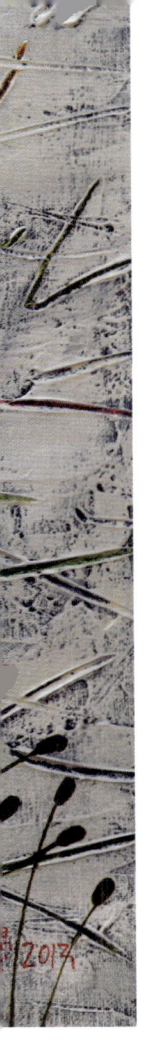

편서풍

그리운 것들은 언제나 멀리 있다. 편서풍이 불면 금관악기를 불어야 한다. 세상에서 가장 멀리 가는 소리를 내야 한다. 전깃줄 위의 새들이 음표처럼 날아오르고 우리가 함께 저물었던 어느 저녁이 불을 켜는 시간, 우리는 먼 길을 돌아온 바람 소리에 귀를 기울여야 한다.

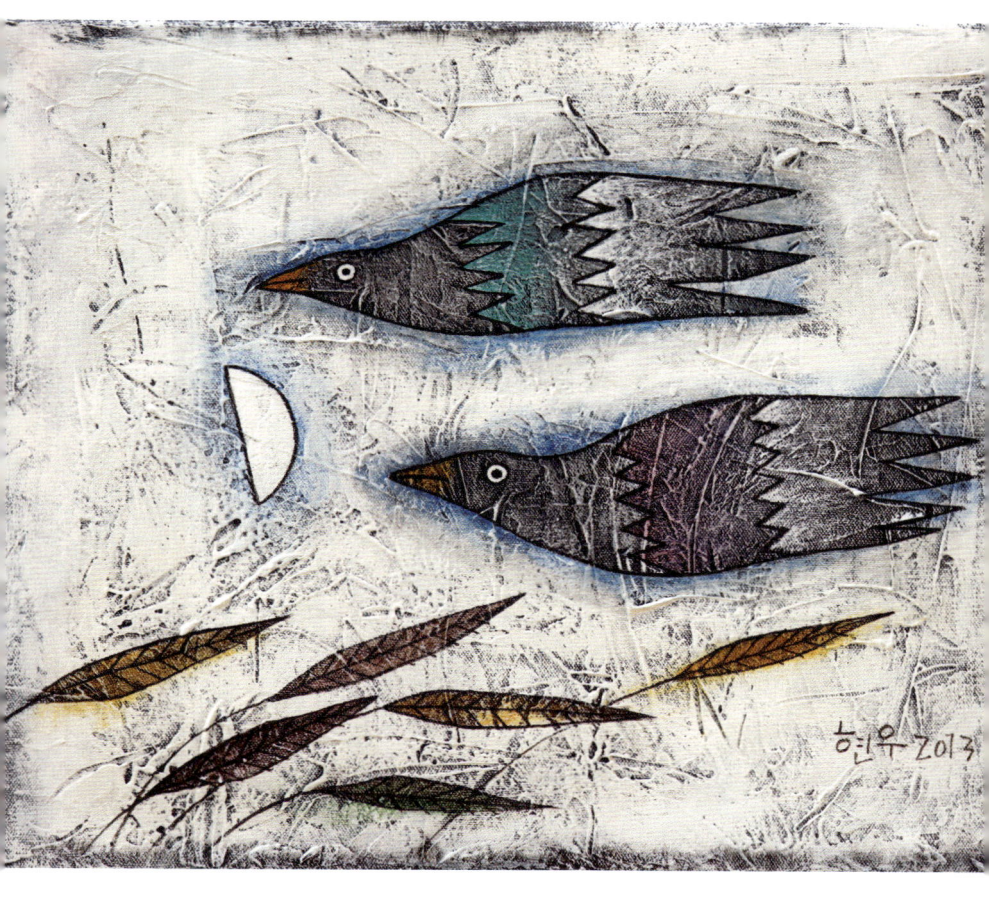

동명항 포장마차

동명항 포장마차에서 소주를 마셨다. 비닐 천막 사이로 바다가 취객처럼 무시로 드나들고 있었다. 전기가 끊긴 무허가 포장마차. 주모는 화로 위에 도루묵과 어둠을 올려놓고 손님과 가게를 버리고 돈만 챙겨 가버렸다. 버려진 취객들은 머리에 헤드램프를 켜고 도루묵을 뒤집었다.

세월이 참 빠르다고 친구가 말했다.
"그래, 그깟 세월이야 먼저 가라지. 우린 천천히 술이나 마시는 거야."
화로불이 사위어가고 소주병이 비워지고 어디선가 눈이 내리는지 항구의 불빛이 가물거렸다.

용정의 별

2011년 6월, 용정에 있는 윤동주 시인의 생가를 방문했다. 예배당이었다는 낡고 허름한 기념관에서 조선족 해설사가 시인을 해설하는 동안 친구의 등 뒤에서 회벽의 더께가 조각조각 무너졌다. 가슴으로 별이 조각조각 떨어졌다.

친구와 나는 '별 헤는 밤'이 쓰여 있는 시인의 육필 원고 복사본을 샀다. 숙소로 돌아와 독한 중국술을 마셨고 〈선구자〉를 불렀다.

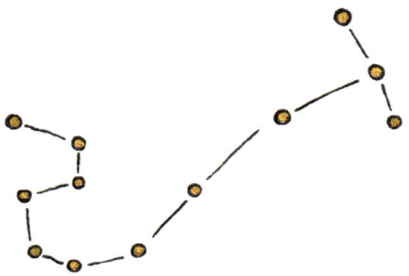

을지 전망대

해안 을지 전망대에 갔다. 시계視界가 좋은 날은 금강산을 볼 수 있다는 곳이다. 안개가 자욱했고 간간이 눈발이 날렸다. 북한의 산야를 볼 수 있는 망원경 속에도 안개만 자욱했다. 안개와 까마귀만 휴전선 철책을 넘고 있었다. 누구고 넘을 수 없는, 국경 아닌 국경에서 국가와 권력은 이음동의어異音同義語임을 확인하고 절망했다.

카스테레오에 〈이매진〉을 걸고, 볼륨을 높이고, 국경 초소의 바리케이드를 영화처럼 부수며 국경을 넘고 싶었다. 인간들의 나라가 아닌 까마귀와 안개의 나라를 향해 액셀을 밟고 싶었다.

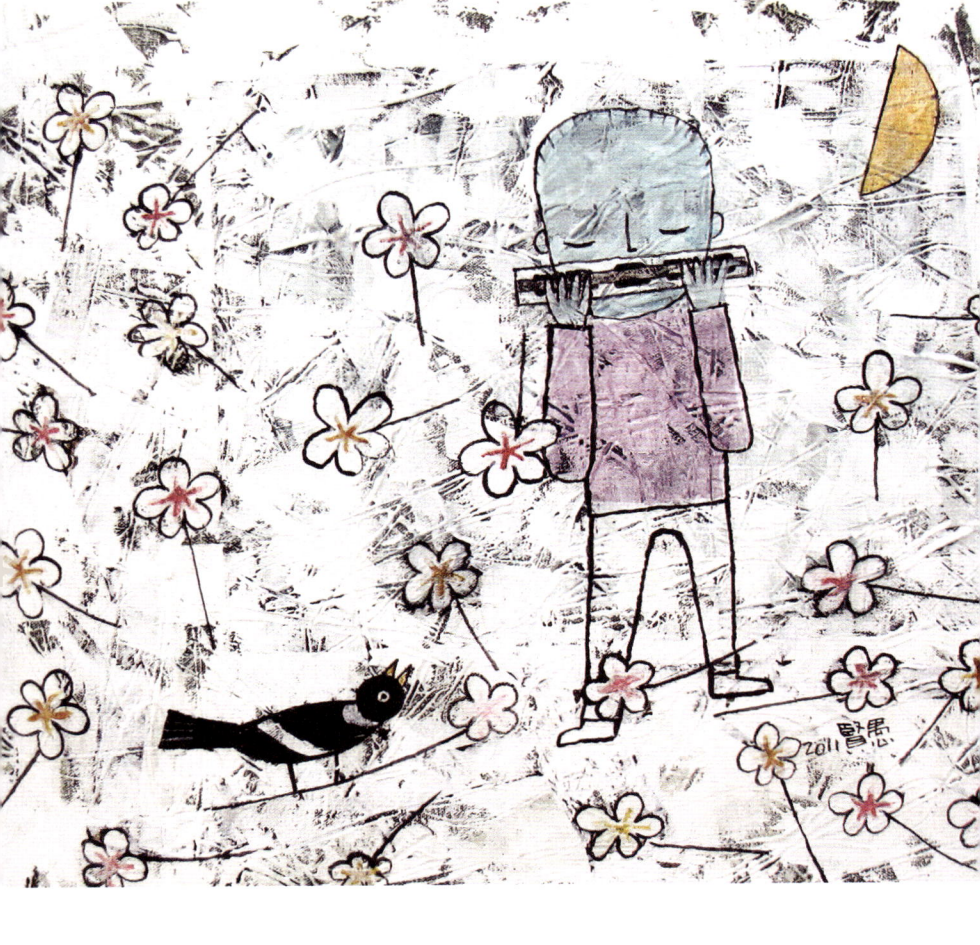

달맞이꽃

보름밤의 강둑엔 인적이 없다. 달맞이꽃만 지천으로 피었다. 달빛을 밟으며 걸었다. 밤새 걸으면 달에 닿을 수 있을 것 같다. 이미 달에 도착한 건지도 모른다. 가도 가도 달맞이꽃이다.

물고기는 눈을 뜨고 잔다

물고기는 눈을 뜨고 잔다.

눈으로 볼 수 없는 것들을 보고 싶었다.
하지만 나는 눈에 보이는 것도 못 보고 지나쳤다.
물고기처럼 눈을 뜨고 자면 세상 너머에 있는 그 무엇을 볼 수 있
을까?
나와 우주를 이해할 수 있는 어떤 풍경을 볼 수 있을까?

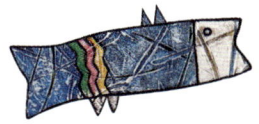

정현우 형의 전화를 받는다. "제영아, 품앗이해야지. 빚 갚아야지." 그러니까 이 글은 순전히 품앗이로 쓴다. 내 시집 발문을 현우형이 써주었으니 그 빚 갚는 거다. 그런데 기꺼이 즐겁게 쓴다. 그러고 보면 세상에 참 반갑고 설레는 빚도 있는 셈이다.

정현우. 그는 이풍진개새끼다. 헉! 형이 들으면 맞아죽을지도 모를 말을 뱉었다. 근데 어쩌랴. 그는 정말로 이풍진개새끼인 것을.

나와 함께 사는 개는 풍산개와 진돗개의 트기로 이름은 별이다. 내게 오기 전 여러 사람 손에 키워진 탓인지 똥개처럼 아무에게나 꼬리를 흔들고 말도 죽어라 안 듣지만 외딴 곳이고 해 거의 풀어놓고 키운다. 하루는 외출에서 돌아와 보니 개가 묶여 있고 문틈에 메모가 꽂혀 있다. 유기견이라고 신고가 들어와 묶어놓고 가니 다시는 풀어놓지 말라는 군청 직원의 메모였다. 사연인즉 지나가는 자동차만 보면 맹추격을 하는 녀석의 습성 때문이었다. 녀석은 자동차를 덩치 큰 짐승으로 생각하는 것 같았다. 덩치 큰 짐승이 자기가 무서워 도망치는 걸로 오해하는 모양이다. 게다가 자유의지가 어쩌나 강한지 묶어놓을라치면 낌새를 채고 그 좋아하는 소시지를 흔들어도 가까이 오지 않는다.

어떤 땐 아무리 불러도 쳐다보지도 않는다. 주인인 나를 개무시하는 것이다. 그럴 땐 패주고 싶지만 나를 닮은 것도 같고, 전생의 한 시절 녀석이 인간이고 내가 개였을지도 모른다는 생각도 들고는 해 참고 또 참다가 녀석이 풍산개와 진돗개의 트기라는 사실에 착안해 이풍진개새끼라는 별명을 붙였다.

녀석이 말을 안 듣거나 말썽을 피울 때면 '이풍진개새끼'라고 별명을 부르는 것이다.

- 정현우, '이풍진개새끼' 전문

A4 동인지 『공개수배』에 실린 형의 시, '이풍진개새끼'를 보면서 나는 일종의 고백이고, 형의 자화상임을 단박에 알 수 있었다. '아! 정현우 형은 그러니까 형이 이풍진개새끼였구나.' 그렇다. 음악과 그림과 시의 혼혈, 잡종, 트기. 어느 곳에서도 누구에게도 무엇으로

도 길들여질 수 없는, 형은 진짜 '이풍진개새끼'였던 것.

정현우. 그는 꿈꾸는 사람이다. 본인은 과대망상일 뿐이라고 하지만, 그의 음악, 그의 시, 그의 그림을 채우고 있는 그의 꿈이야말로 우리가 한 번은 살아봤으면 하는 세상 아닌가. 그의 꿈이야말로 우리가 잃어버린 현실이 아닌가.

단 하루만이라도 어떤 국가의 국민도 아닌 채 살아보고 싶다.
- 정현우, '과대망상' 전문

양구 정림리 박수근 미술관 옆 형의 숙소이면서 작업실인 그곳에는 인물 사진 하나가 걸려 있다. 티모시 리어리Timothy Leary. 반문화, 히피들의 대부. 그가 살았던 삶을 이야기하면서 형의 목소리는 사뭇 떨리기까지 했다. 나중에야 팀 아저씨당시 히피들은 리어리를 그렇게 불렀다가 70년대 히피들에게 어떤 영향을 미쳤는지 알게 되었는데 지금 생각하면 티모시 리어리는 현우 형에게도 팀 아저씨였던 것. 팀 아저씨처럼 그도 천상 꿈을 꾸는 히피였던 것.

피터보로 시市에서도 귀뚜라미가 운다
귀뚜라미는 모국어가 없다

> 잭슨 공원에선 초로의 거리 악사가
> 리·오스카를 연주하고 있다
> 음악 속에 은전 한 닢을 던져주고
> 나는 길을 잃는다
> 배낭 속의 꿈들이 길 위에 새는 것도 모르고
> 걸었다
> 갑자기 돌아가야 할 조국이 생각나지 않았다
> 웅성거리는 골목을 비껴서서
> 모국어로 나지막이 울었다
>
>   – 정현우, '망명 수첩' 전문

   그의 그림은, 그의 시는 억지로 해석할 필요는 없다. 피터보로 시는 뉴햄프셔에 있고 잭슨 공원은 일리노이에 있는데 그게 무슨 상관이랴. 리 오스카Lee Oskar가 연주자 이름인지 아니면 연주곡명인지 모르겠지만 또 그게 무슨 상관이랴. 그의 기타 소리와 그의 새 그림을 기억하는 나에게, 목관악기 같은 그의 목소리와 히피의 꿈을 기억하는 나에게, 정현우는, 정현우의 노래는, 정현우의 시는, 정현우의 그림은, 가을 깊으면 병이 도지듯 도져오는 도저한 그리움 같은 것이니.

파스칼 키냐르^{Pascal Quignard}였던가. 이끼류의 강렬한 초록빛은 그곳을 통과하는 사람의 얼굴을 물들인다, 라고. 그의 그림이 그의 시가 그의 노래가 그렇다. 그를 통과하는 사람의 얼굴을 물들인다.

8년 전 춘천의 고슴도치섬, 그곳에 이상문 형이 운영하는 북카페 예부룩이 있었다. 그곳에서 처음 그를 만났다. 카페의 어두운 한구석에서 그는 통기타를 연주하며 노래를 브르고 있었다.

모란은 벌써 지고 없는데 / 먼 산에 뻐꾸기 울면 / 상냥한 얼굴 모란 아가씨 꿈속에 찾아오네 / 세상은 바람 불고 고달파라 / 나 어느 변방에 / 떠돌다 떠돌다 어느 나구 그늘에 / 고요히 고요히 잠든다 해도 / 또 한 번 모란이 필 때까지 나를 잊지 말아요.

나는 꿈을 꾸듯 그의 〈모란동백〉에 빠져들었다.

아마 그때부터였던 것 같다. 형에 대한 나의 짝사랑이 시작된 것이…… 그의 시, 그의 그림, 그의 노래는 그동안 내가 보고 들어왔던 기존의 것들과는 다른 것이었다. 거칠면서 부드럽고, 웃기면서 슬프고, 밝으면서 어둡고, 결합될 수 없는 것들이 그를 통하면 화학적으로 결합되고 발효되었다. 잘 빚은 막걸리처럼. 그의 시, 그의 그럼, 그의 노래가 나를 취하게 만드는 까닭이다.

그는 내 시집(『식구』)의 발문을 써주면서 이렇게 적었다.

나는 그가 다시 춘천의 안개 속을 헤매길 바란다. 무릇 예술가는 안정된 생활을 불편해하는 이상한 존재여야 한다는, 시대착오적 고정관념을 나는 아직 버리지 못했기 때문이다. 아직도 나는 시가 슬픔과 허무와 방랑과 광기와 불운과 염세 같은 것들을 노래해야 한다고 생각하는 퇴폐주의자이기 때문이다.

본인 스스로 퇴폐주의자라고 말하고 있지만 정현우 형을 정의하는데 그것만으로는 부족하다.

정현우. 그를 만난 지 8년이 되었는데 여전히 그는 알다가도 모를 사람이다. 화가. 시인. 라디오 디제이. 히피. 가수. 보헤미안. 방랑자. 그를 수식하고 그를 설명할 수 있는 단어^{이름}는 많지만 어떤 것도 정확하게 온전하게 그를 수식하거나 설명할 수 없다. 어떤 이름으로도 그의 전부를 포획할 수는 없다. 천상 그렇게 그는 자유인이다. 조르바다.

그런 형을, 형의 노래를, 형의 시를, 형의 그림을, 형의 사상을, 형의 목소리를 나는 사랑한다. 그를 사랑하는 나는 행복하다.

간밤에 눈이 내렸으니

강원도 전역에 폭설이 내렸으니

정림리에도 수근수근 폭설이 내렸겠다

폭설이 내렸으니

형의 나무집도 눈으로 덮였을 것이니

초저녁부터 마시던 술도

초저녁부터 부르던 노래도

초저녁부터 피우던 마리화나도

초저녁부터 그리던 싸리나무와 벌거벗은 여자도

눈 속에 덮였겠다

에라, 형은 드러누웠겠다

이런들 어떠리 저런들 어쩌리

흘러간 팝송을 듣다가

정부가 없는 나라로 망명을 꿈꾸다가

에라, 이런들 어떠리 저런들 어쩌리

숙취를 견디고 있었겠다

간밤에 말이다

– '히피, 아나키스트 그리고 정현우' 전문

그림 색인

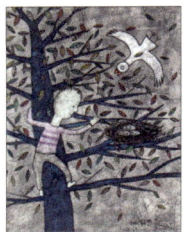

새집 찾는 아이
45*61 · 캔버스에 아크릴릭 · 014

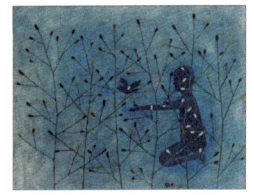

전언
73*61 · 캔버스에 아크릴릭 · 016

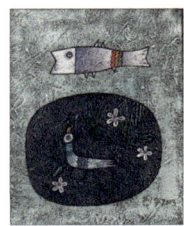

입춘
6F · 캔버스에 아크릴릭 · 020

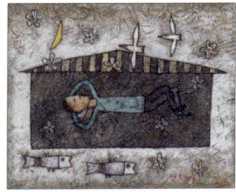

휴식
8F · 캔버스에 아크릴릭 · 022

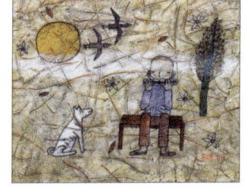

선물
10F · 캔버스에 아크릴릭 · 025

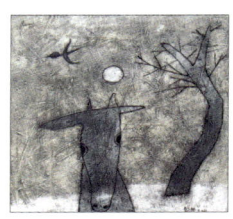

산양
45*45 · 캔버스에 아크릴릭 · 029

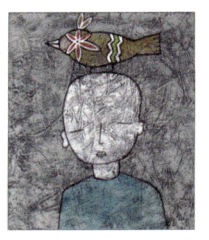

새친구
32*41 · 캔버스에 아크릴릭 · 031

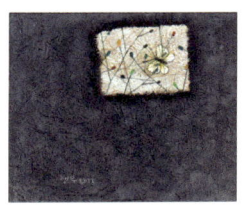

나비
10F · 캔버스에 아크릴릭 · 034

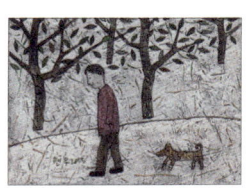

산책
6F · 캔버스에 아크릴릭 · 036

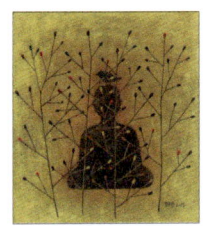

명상
61*73 · 캔버스에 아크릴릭 · 038

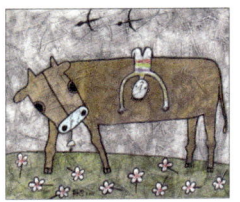

아이와 소
53*45 · 캔버스에 아크릴릭 · 040

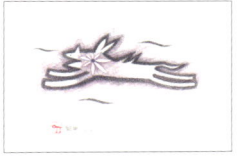

개
36*28 · 종이에 색연필 · 043

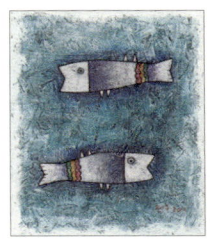

이별
10F · 캔버스에 아크릴릭 · 044

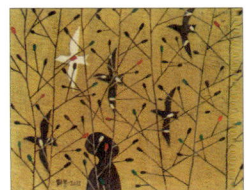

여행
53*45 · 캔버스에 아크릴릭 · 045

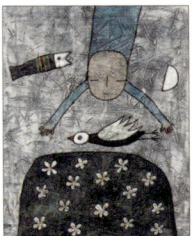

여름날의 꿈
53*65 · 캔버스에 아크릴릭 · 048

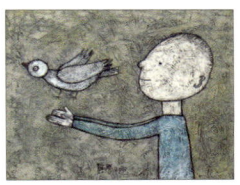

새를 날리는 아이
41*32 · 캔버스에 아크릴릭 · 051

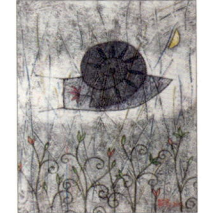

달팽이
8F · 캔버스에 아크릴릭 · 053

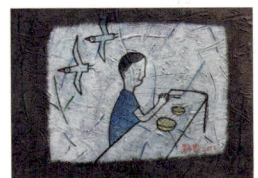

혼자 있는 날
6F · 캔버스에 아크릴릭 · 054

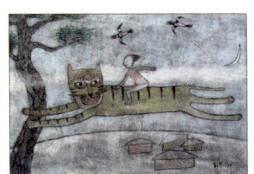

호랑이와 아이
73*53 · 캔버스에 아크릴릭 · 057

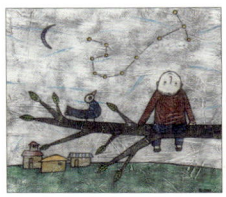

전갈자리
10F 캔버스에 아크릴릭 · 06)

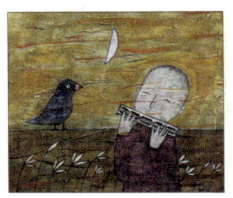

하모니카 부는 아이 1
53*45 · 캔버스에 아크릴릭 · 063

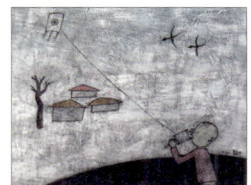

연 날리는 아이
65*53 · 캔버스에 아크릴릭 · 065

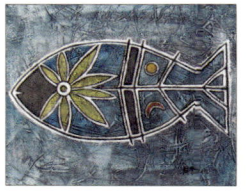

외계물고기
45*38 · 캔버스에 아크릴릭 · 068

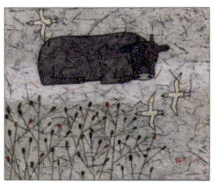

소
10F · 캔버스에 아크릴릭 · 070

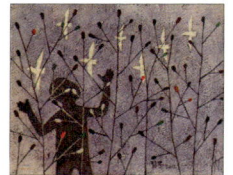

환희
46*35 · 캔버스에 아크릴릭 · 076

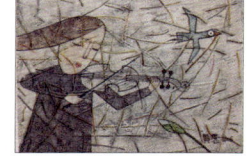

바이올린 켜는 소녀
34*25 · 캔버스에 아크릴릭 · 079

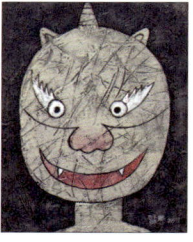

도깨비 아이
32*42 · 캔버스에 아크릴릭 · 080

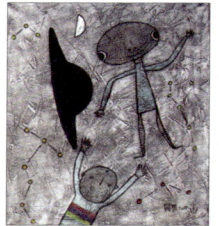

아이와 외계인
45*53 · 캔버스에 아크릴릭 · 085

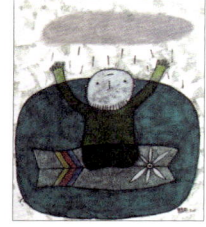

물고기의 꿈
50*60 · 캔버스에 아크릴릭 · 086

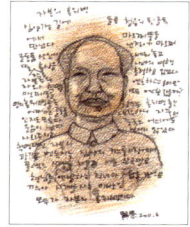

자본의 홍위병
19*28 · 종이에 색연필 · 088

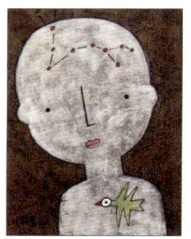

물고기 자리
33*45 · 캔버스에 아크릴릭 · 093

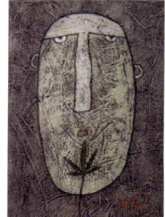

몽환
25*34 · 하드보드에 아크릴릭 · 095

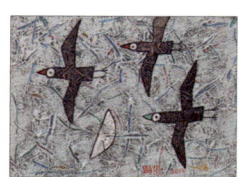

철새
4F · 캔버스에 아크릴릭 · 098

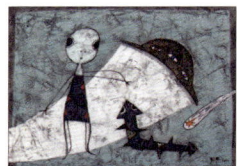

외계소녀
61*46 · 캔버스에 아크릴릭 · 101

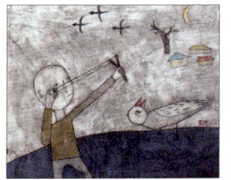

새총 쏘는 아이
73*61 · 캔버스에 아크릴릭 · 104

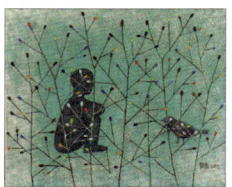

대화
73*61 · 캔버스에 아크릴릭 · 107

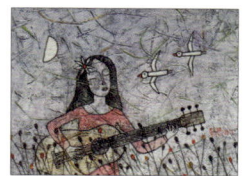

머리에 꽃을
8F · 캔버스에 아크릴릭 · 112

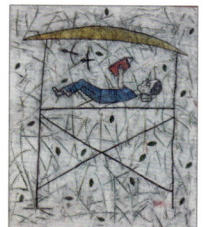

여름날의 독서
12F · 캔버스에 아크릴릭 · 118

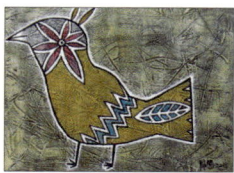

꿈속의 새
41*32 · 캔버스에 아크릴릭 · 123

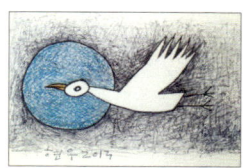

비상
19*14 · 종이에 색연필 · 132

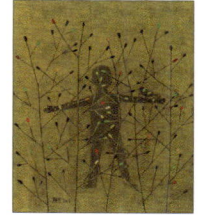

합일
61*73 · 캔버스에 아크릴릭 · 134

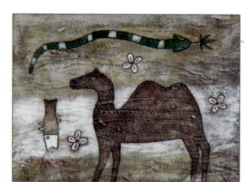

실크로드
6F · 캔버스에 아크릴릭 · 138

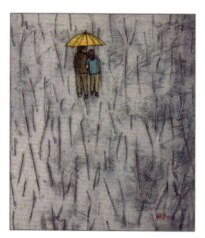

빗속의 연인
12F · 캔버스에 아크릴릭 · 140

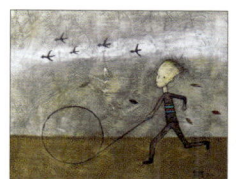

유년의 어느 가을
60*50 · 캔버스에 아크릴릭 · 142

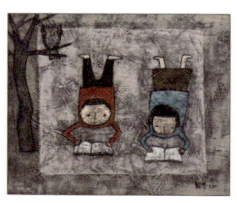

유년의 겨울밤
53*45 · 캔버스에 아크릴릭 · 144

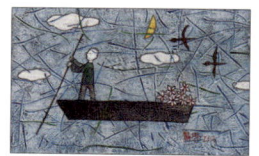

꽃배
4F · 캔버스에 아크릴릭 · 148

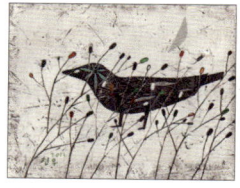

까마귀
6F · 캔버스에 아크릴릭 · 153

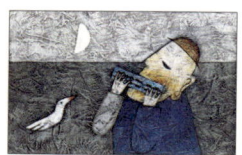

아버지와 하모니카
25*17 · 하드보드에 아크릴릭 · 156

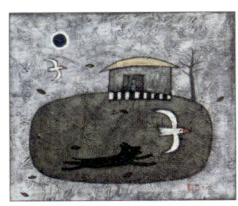

집 보는 아이
10F · 캔버스에 아크릴릭 · 159

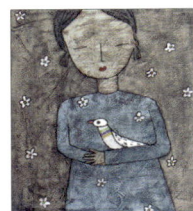

새를 안은 소녀
45*63 · 캔버스에 아크릴릭 · 160

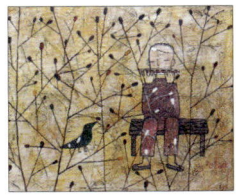

하모니카 듣는 새
10F · 캔버스에 아크릴릭 · 162

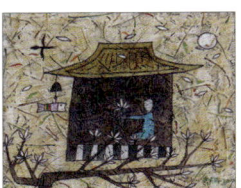

명상
8F · 캔버스에 아크릴릭 · 165

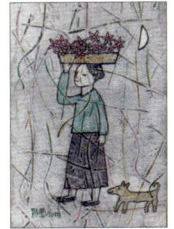

젊은 엄마
4P · 캔버스에 아크릴릭 · 166

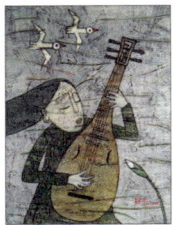

비파
35*25 · 하드보드에 아크릴릭 · 168

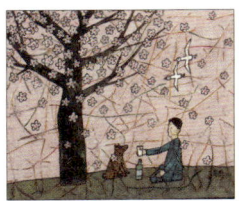

봄날은 간다
20F · 캔버스에 아크릴릭 · 170

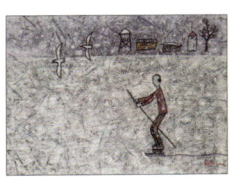

외발 썰매
30F · 캔버스에 아크릴릭 · 173

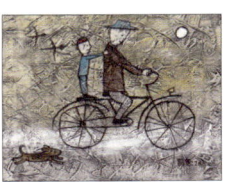

아버지의 자전거
41*32 · 캔버스에 아크릴릭 · 174

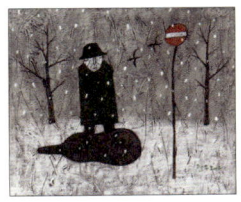

겨울 나그네
10F · 캔버스에 아크릴릭 · 178

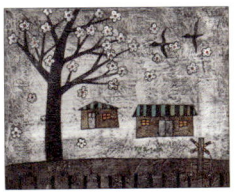

봄밤
6F · 캔버스에 아크릴릭 · 180

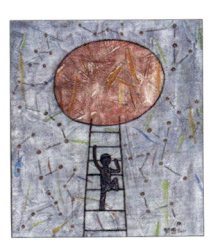

달로 가는 사다리
53*45 · 캔버스에 아크릴릭 · 182

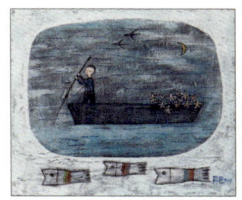

꽃배 2
10F · 캔버스에 아크릴릭 · 186

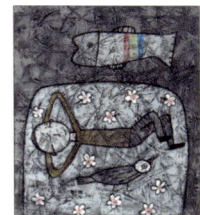

낮꿈
38*45 · 캔버스에 아크릴릭 · 19)

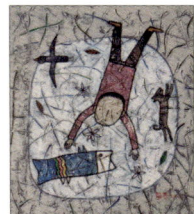

유년의 여름
10F · 캔버스에 아크릴릭 · 192

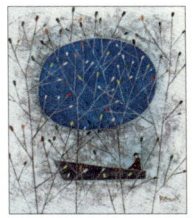

반추
20F · 캔버스에 아크릴릭 · 196

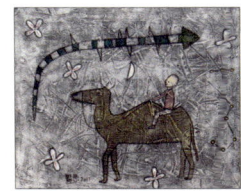

사막의 꿈
45*38 · 캔버스에 아크릴릭 · 199

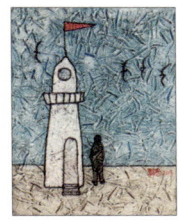

등대
5F · 캔버스에 아크릴릭 · 200

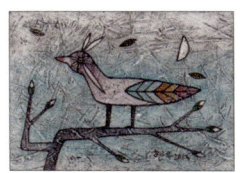

새와 나무
4F · 캔버스에 아크릴릭 · 202

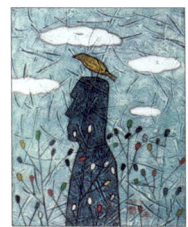

모아이
5F · 캔버스에 아크릴릭 · 204

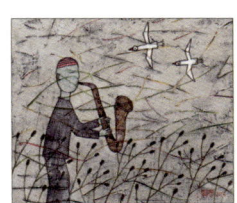

편서풍
10F · 캔버스에 아크릴릭 · 206

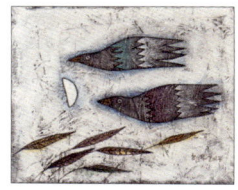

동행
8F · 캔버스에 아크릴릭 · 208

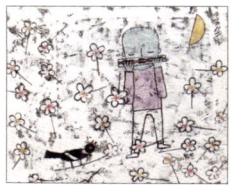

하모니카 부는 아이
53*45 · 캔버스에 아크릴릭 · 212

누군가 나를 지울 때 🌸

ⓒ 정현우, 2013

초판 1쇄 2013년 10월 30일

지은이 정현우
펴낸이 정미화
기획편집 정미화 정흥재
디자인 조수정

경영총괄 유길상
경영지원 EK콘텐츠그룹
콘텐츠지원 EK티처
콘텐츠운영 정문규 채상진
콘텐츠마케팅 송제승 김대환 이청수
마케팅 EK콘텐츠그룹

펴낸곳 (주)이케이북
출판등록 제2013-000020호
주소 서울시 용산구 두텁바위로 7 (갈월동, 국제빌딩4층)
전화 02-2038-3419   팩스 0505-320-1010
홈페이지 ekbook.co.kr   전자우편 ekbooks@naver.com

ISBN 978-89-968973-7-8 03810